SEMPRE SUSAN

•

우리가 사는 방식

SEMPRE SUSAN: A MEMOIR OF SUSAN SONTAG

by Sigrid Nunez

우리가 사는 방식

수전 손택을 회상하며

시그리드 누네즈 지음 | 홍한별 옮김

코쿤북스

일러두기

• 모든 각주는 옮긴이주이다.
• 인명, 지명 등 외래어는 국립국어원의 외래어표기법을 따랐다.
  단, 일부 단어들은 국내 매체에서 통용되는 사례를 참조했다.

내가 처음 작가 레지던시에 들어가기로 했을 때, 지금은 기억이 안 나는 어떤 이유가 있어서 도착일을 며칠 미뤄야 했다. 나는 날짜를 안 지켜서 미운털이 박히지나 않을지 걱정이 되었다. 하지만 수전은 그게 전혀 나쁜 일이 아니라고 했다. "뭐든 규칙을 깨면서 시작하는 게 좋은 거야." 수전에게는 늦게 도착하는 게 원칙이었다. "내가 늦을까봐 걱정하는 때는 비행기 탈 때 하고 오페라 보러 갈 때뿐이야." 수전과 만나려면 매번 기다려야 한다고 누군가 불평하더라도 수전은 전혀 미안해하지 않았다. "뭔가 읽을거리를 가져올 생각도 못 할 정도로 답답한 사람이라면…." (하지만 사람들이 꾀가 나서 수전보다 더 늦게 나타나기 시작하자 수전은 언짢아했다.)

수전은 내가 시간을 지키려고 안달하는 게 못마땅했

다. 어느 날 수전과 같이 식당에서 점심을 먹다가 직장에 복귀해야 할 시간이 되었다는 걸 깨닫고 벌떡 일어났더니 수전이 코웃음을 치며 이렇게 말했다. "앉아! 딱 맞춰 갈 필요 없어. 비굴하게 그러지 마." '비굴하다'는 수전이 가장 좋아하는 단어 중 하나였다.

'예외주의'. 우리 세 사람(수전, 수전의 아들, 나)이 한 집에 사는 게 과연 좋은 생각이었을까? 데이비드와 내가 따로 나와 살았어야 했을까? 수전은 우리가 같이 살면 안 될 이유를 모르겠다고 했다. 데이비드와 내가 아기를 낳더라도 달라질 건 없다고, 그래야 한다면 기꺼이 우리를 부양하겠다고 말했다. 내가 잘 모르겠다고 하자 수전은 이렇게 말했다. "관습에 얽매이려고 하지 마. 다른 사람들이 다 그런다고 왜 우리도 그래야 하지?"

(한번은 맨해튼 세인트마크스플레이스에 있을 때 수전이 특이한 외모의 여자 두 명을 가리켰다. 한 명은 중년이고 한 명은 노인이었는데 두 사람 다 집시처럼 옷을 입었고 잿빛 머리를 길러 길게 늘어뜨렸다. "늙은 보헤미안들이네." 수전이 말하더니 농담처럼 이렇게 덧붙였다. "30년 뒤의 우리 모습이야." 그 뒤로 30년이 넘게

흘렸고 수전은 세상을 떴다. 이제 보헤미아는 없다.)

우리가 만났을 때 수전은 마흔세 살이었는데 내 눈에는 무척 나이 들어 보였다. 그때 내가 스물다섯 살이어서 그렇게 보이기도 했을 것이다. 마흔이 넘은 사람은 다 나이 들어 보이는 나이다. 수전이 근치 유방 절제 수술을 받고 회복하는 중이었던 탓도 있을 것이다(규칙 깨뜨리기: 의사가 수전이 재활 운동을 안 한다고 나무라자 간호사 한 사람이 이해한다는 듯 이렇게 작은 소리로 속삭였다고 한다. "해피 록펠러°도 안 하려고 하더라고요."). 수전은 혈색이 나빴고 머리카락이 허옇게 셌다. 나중에 수전은 앞머리 일부만 흰색인 독특한 헤어스타일을 했는데, 탈색해서 흰 머리카락 가닥을 만들었다고 생각하는 사람들이 어리둥절할 정도로 많았다. 그 흰 가닥만 본래 머리카락 색깔이라는 게 누가 보아도 빤할 듯했는데(미용사가 한 부분만 염색 안 한 채로 남겨두면 자연스러워 보일 거라고 했단다). 수전의 숱 많은 검은 머리카락이 항암 치료를 받고도 다 빠지지 않고 꽤 남았지만 새로 돋아난 머리카락은 전부 흰색 아니면 회

° 자선 사업가. 41대 미국 부통령 넬슨 록펠러의 두 번째 아내인 마가레타의 별명.

색이었다.

그래서 이상하게도 처음 만났을 때 수전의 모습이 내가 수전을 더 잘 알게 되었을 때의 모습보다 더 나이 든 모습이었다. 건강을 회복하면서 수전은 점점 젊어졌고 머리를 염색하자 더욱 젊어 보였다.

1976년 봄이었다. 내가 컬럼비아 대학에서 석사 학위를 마치고 1년쯤 지났을 때다. 나는 웨스트 106번가에 살았고, 수전은 106번가와 리버사이드 드라이브 교차로에 살았는데 투병하는 동안 답장 못 한 편지가 쌓여서 그걸 처리하고 싶었다. 수전은 『뉴욕 리뷰 오브 북스The New York Review of Books』°의 친한 편집자들에게 일을 도와줄 사람을 추천해달라고 했다. 나는 대학을 졸업하고 대학원에 들어가기 전 기간 동안 그 잡지사에서 편집 보조로 일한 적이 있었다. 내가 타이핑을 할 줄 아는 데다가 가까운 데 사는 걸 아는 편집자들이 나를 수전에게 추천했다. 그때 마침 나는 바로 그런 일, 내 글쓰기를 방해하지 않을 단순한 일거리를 찾고 있었다.

내가 처음으로 리버사이드 드라이브 340번지에 간 날은 눈부시게 맑은 날이었다. 수전이 사는 창문이 많은

° 이 책에서는 줄여서 『뉴욕 리뷰』 혹은 그냥 『리뷰』로 칭한다.

펜트하우스 안이 눈이 부셔 앞이 안 보일 정도로 환했다. 우리는 수전의 침실에서 일했다. 나는 수전의 책상에 앉아 거대한 IBM 셀릭트릭 타이프라이터로 타자를 쳤고 수전은 방을 서성거리거나 아니면 침대에 누운 채로 편지 내용을 불러주었다. 수전의 방도 소박했고 아파트 전체 세간이 아주 간소했다. 벽은 하얗고 텅 비어 있었다. 나중에 수전에게 들었는데 침실이 자기 작업 공간이라 흰 공간이 최대한 많게 하고 싶어서 가능한 한 방 안에 책을 두지 않는다고 했다. 가족이나 친구 사진은 본 적이 없고(사실 아파트 어디에도 그런 사진은 없었던 것 같다) 대신 수전의 문학적 우상들의 흑백 사진이 있었다(출판사에서 홍보용으로 끼워주는 사진 같은 종류였다). 프루스트, 와일드, 아르토(수전은 얼마 전에 아르토 선집 편집을 마쳤다),° 발터 베냐민 사진이 걸려 있었다. 아파트 다른 방에는 옛날 영화 스타 사진과 유명한 흑백 영화 스틸 사진이 몇 장 있었다(88번가와 브로드웨이 교차로에 있던 고전 영화 상영관 뉴요커 시어터 로비에 걸려 있던 사진이라고 들은 것 같다).

° Antonin Artaud(1896-1948). 프랑스의 극작가이자 연출가, 연극 이론가이다.

수전은 넉넉한 터틀넥 셔츠, 청바지, 호치민 샌들° 차림이었다. 샌들은 북베트남 여행 갔을 때 사 왔을 것이다. 암에 걸린 뒤로 수전은 담배를 끊으려 하고 있었다 (그 뒤로 계속 끊으려 했다가 실패했다가 다시 또 금연을 시도하곤 했다). 콘넛° 한 병을 옆에 두고 먹으면서 가끔 플라스틱 통으로 물을 마셔 넘겼다.

쌓여 있는 편지 양이 어마어마했다. 전부 처리하려면 시간이 꽤 걸릴 것 같았는데 전화가 계속 울려대고 그럴 때마다 수전이 수화기를 들고 응대를 하다보니 진척이 터무니없이 더뎠다. 대화가 꽤 오래 이어질 때도 있어서 나는 책상에 앉은 채로 기다리며 통화 내용을 들었고 가끔은 관심을 갈구하는 수전 아들의 커다란 맬라뮤트 개를 쓰다듬었다. 전화를 건 사람 대부분이 내가 이름을 들어본 사람이었다. 통화 내용으로 미루어 보건대 수전이 암에 걸렸다는 소식을 듣고 사람들이 보인 반응에 수전은 상당히 경악했던 것 같았다(그때는 몰랐지만 수전은 「은유로서의 질병」이 될 글의 아이디어를 구상하는 중이었다). 수전이 전화에 대고 암이 "제왕적

° 페타이어로 만든 샌들로 베트콩이 신어서 이런 이름으로 불린다.
° 튀긴 옥수수알 과자.

질병"이라고 말하던 게 기억난다. 수전은 또 최근에 라이오널 트릴링과 한나 아렌트가 죽어서 "고아가 된" 기분이라고 여러 차례 말했다. 누군가가 트릴링이 아마 수년 동안 아내와 섹스를 안 했을 테니 암에 걸린 것도 당연하다는 말을 했다며 수전은 불같이 화를 냈다("교수라는 사람이 그런 말을 하더라니까."). 수전은 인정하고 싶지 않았지만, 자기가 암에 걸렸다는 말을 들었을 때 가장 먼저 떠오른 생각이 "내가 섹스를 충분히 안 했나?"였다는 것도 용감하게 인정했다.

한번은 아들에게 전화가 왔다. 데이비드는 나보다 한 살 어리고 애머스트 대학을 중퇴했다가 최근에 다시 학교로 돌아가 프린스턴 대학 2학년에 다니고 있었다. 프린스턴에 숙소가 있었지만 어머니와 같이 지낼 때가 많았다. 수전의 방 옆에 그의 방(곧 우리가 같이 쓰게 될 방)이 있었다.

수전은 곧 일에 싫증을 냈다. 편지 몇 통을 겨우 처리하고 나자 잠시 쉬면서 점심을 먹자고 했다. 수전을 따라 아파트 반대편에 있는 부엌으로 갔다. 책이 줄줄이 꽂힌 복도를 지나 식당에 해당하는 공간을 통과했다. 식당에는 길고 우아한 나무 식탁과 그것과 어울리는 나무

벤치가 있고(오래된 프랑스 농가 식탁이라고 수전이 말했다), 빈티지 올리베티 타자기 포스터 액자가 ('라 라 피디시마'라는 이름의 제품) 식탁 뒤쪽 벽에 걸려 있었다. 식탁 위가 온통 책과 종이로 덮여 있어서 밥은 보통 부엌에 있는 진청색 나무 조리대에서 먹었다.

나는 어색하게 의자에 앉아 있었고 수전이 캠벨 머쉬룸 크림 수프 깡통 하나를 데웠다. 우유 한 캔을 넣자 두 사람 분량이 되었다. 수전이 말을 많이 해서 놀랐다. 『뉴욕 리뷰』에서는 위계질서가 엄격해서 편집자들은 보통 다른 직원들과 잡담을 하지 않았기 때문에 뜻밖이었다. 그날 수전한테서 이전에 이 아파트에 살던 사람이 수전의 친구 재스퍼 존스°라는 사실을 들었다. 몇 년 전에 존스가 이사를 나가고 수전이 들어와 살게 되었다. 그런데 안타깝게도 계속 살 수는 없을 것 같다고 했다. 건물 주인이 들어와 살겠다고 한단다. 전쟁 전에 지어진 멋진 건물에 있는 방 두 개짜리 펜트하우스 아파트를 월세 475달러인가 하는 파격적인 가격으로 살고 있었으니 아쉬울 만도 했다. 거실이 엄청나게 넓은 데다가 가구가 거의 없어서 더 커 보였다(살짝 메아리가 울리기

° 미국 팝아트 예술가.

까지 했다). 가장 놓치기 싫은 것이 전망이라고 했다. 창으로 허드슨강과 저녁노을을 볼 수 있었다(테라스에 나가면 전망이 더 훌륭했을 테지만 테라스 상태가 엉망이었다. 개가 화장실로 쓰고 있었다). 침실 반대편에는 과거에 하녀 방이었을, 미니 화장실이 딸린 아주 작은 방 하나가 있었다. 그때는 데이비드의 친구가 그 방에서 지냈다. 내가 같이 살게 된 뒤에는 그 방이 내 서재가 되었다("이 집에서 너만 방 두 개 썼잖아." 나중에 내가 340번지를 떠나겠다고 해서 상처를 받은 수전은 이런 말로 나를 비난했다).

점심을 먹으면서 수전은 『뉴욕 리뷰』에서 로버트 실버스나 바버라 엡스타인 같은 편집자들하고 같이 일하기가 어땠는지, 엘리자베스 하드윅에게 배우는 건 어땠는지 꼬치꼬치 물었다. 엘리자베스 하드윅은 바너드 대학에서 내가 사사한 교수님이면서 『뉴욕 리뷰』의 편집위원 중 한 명이었다. 수전이 이 세 사람에게 매우 관심이 많다는 걸 확실히 알 수 있었다. 나중에 알게 되었지만, 이들과의 우정 그리고 이들의 인정이 수전에게는 무엇보다도 중요한 것이었다. 세 사람은 1963년 『리뷰』를 창간한 창단 멤버였다. 수전은 『리뷰』가 미국에서 간

행되는 다른 어떤 잡지보다 우월하다고 생각했고(미국의 지적인 삶을 가능한 최고 수준으로 끌어올리기 위한 '영웅적' 노력이라고 칭하기도 했다), 자신이 창간호부터 줄곧 이 잡지의 필진으로 활동했다는 사실을 자랑스러워했다. 수전이 쓴 글은 실버스가 편집했다. "내가 만나본 가장 뛰어난 편집자야." 작가가 바랄 수 있는 최고의 편집자라고도 했다. 『리뷰』에 글을 기고하는 다른 사람들처럼 수전도 실버스가 작가들에게 표하는 무게감 있는 경의, 완벽주의, 편집에 쏟아붓는 진지한 노력에 감탄했다. 자기가 만나본 가장 지적이고 가장 능력 있는 사람이라고 했다. 그뿐 아니라 실버스는 누구보다 열심히 일하는 사람이기도 해서 휴일도 없이 일주일에 7일 책상에 앉았고 종일 일하고도 야근까지 했다. 수전이 무엇보다도 높이 평가하는 자기 절제, 지적 열정, 철저함을 갖춘 사람이 바로 실버스였다. 수전은 가장 치열한 작가와 예술가들한테만 느끼는 존경심을 실버스에게도 바쳤다.

수전은 『뉴욕 리뷰』에 기고하는 것에 긍지를 느끼는 만큼 파라, 스트로스 앤드 지루 출판사에서 책을 내는 것에도 뿌듯해했다. 그날 수전이 가장 길게 또 친밀하게 전화 통화를 한 사람이 FSG의 사장 로저 스트로스였다. 로저 스트로스는 13년 전 수전의 첫 책을 출간했고 그 뒤에 수전이 쓴 책도 전부 출간했다. 두 사람은 보통 날마다 최소 한 번은 통화했다. 그때 수전은 에이전트가 없었는데 스트로스가 책을 출간해주는 것 말고 일반적으로 출판사에서 하지 않는 자잘한 업무도 돌보아주었다. 이를테면 단편이나 에세이를 실을 잡지 지면을 알아본다든가 하는 일도 했다. 사실 두 사람 관계는 단순한 사업적 관계가 아니었다. 둘은 오래된 친구였고 서로 속마음을 털어놓는 사이였다. 스트로스는 수전의 투병이나 새 아파트를 구하는 일 등 출판과 무관한 일도 나서서 도왔다. 수전과 스트로스가 처음 만났을 때 데이비드가 이미 열 살이었는데도 스트로스는 종종 데이비드를 '내 사생아 아들'이라고 불렀다. 이후에 스트로스가 데이비드를 자기 출판사에 취직시켜서 수전을 비롯한 여러 작가들의 책들을 편집하게 했다.

캠벨 수프만으로는 배가 차지 않았다. 수전은 거의 텅 빈 냉장고를 뒤졌다. 옥수수철이 아니었는데 비닐 포장된 옥수수 몇 자루가 있었다. 옥수수를 먹은 다음에 수전이 말했다. "당연히 이런 건 전혀 먹고 싶지 않았어.

담배만 간절해." 나도 얼마 전에 담배를 끊었었는데, 이 아파트에서 같이 살게 된 뒤에는 다시 담배를 피우게 됐다. 우리 셋 다 담배를 피웠고 아파트에 놀러 오는 사람들도 대부분 피웠다.

　그날 수전의 아파트를 떠날 때는 해가 이미 기울어 허드슨강 위에 낮게 떠 있었지만 한 일은 거의 없었다. 수전은 나에게 며칠 뒤에 다시 오라고 했다. 집으로 걸어가면서 나는 수전이 얼마나 느긋하고 거리낌 없었던가 생각했다. 우리 어머니 세대에 속한 사람이 아니라 내 또래 사람 같았다. 그런데 수전은 젊은이들과 있을 때 늘 그랬다. 수전과 아들 사이에도 세대 차이 같은 것이 없었다. 수전은 아들을 고등학교도 들어가기 전부터 어른처럼 대했고 그게 이상하다는 생각은 전혀 하지 않았단다. 그 일을 생각하니 수전이 종종 하던 다른 말이 떠오른다. 수전은 어린 시절을 그저 따분하기만 한 시기로 기억했고 아동기가 끝나기만을 기다렸다고 말하곤 했다. 나는 그 말이 늘 이해가 안 갔다(어떻게 어린 시절을, 설령 행복하지 않았다고 하더라도, '완전한 시간 낭비'라고 말할 수가 있나?). 아무튼 수전은 데이비드의 어린 시절도 최대한 빨리 끝나기를 바랐다(데이비

드도 자기 어린 시절을 비참한 시기로 기억하고 수전이
어린 시절을 묘사할 때 종종 쓰는 표현을 그대로 가져
와 '징역살이'라고 불렀다). 수전은 아동기를 특별하게
생각하지 않을 뿐 아니라 아예 아무 가치가 없다고 느
끼는 것 같았다.

데이비드는 어릴 때부터 어머니를 '수전'이라고 불렀
고, 사회학자이자 문화 비평가인 아버지 필립 리프도
이름으로 불렀다. 데이비드는 '엄마', '아빠'라고 부르는
건 상상도 할 수 없다고 했다. 수전은 시카고 대학 학생
이었던 열일곱 살 때 스물여덟 살 강사였던 필립과 결
혼했고 7년 뒤에 이혼했다. 수전은 데이비드에게 아버
지 이야기를 할 때도 '필립'이라고 지칭했다. 데이비드
가 '우리 어머니'라는 말을 거의 입에 올리지 않아서 나
도 '너희 어머니'라고 말하자니 어쩐지 어색했던 것 같
다. 그래서 그냥 언제나 수전, 셈프레sempre 수전이었다
(내가 『뉴욕 리뷰』에서 일하던 초기에 로버트 실버스
가 나에게 이렇게 지시했다. "수전에게 전화 넣어." 나
는 롤로덱스°에 손을 뻗으며 물었다. "어떤 수전이요?"
그때 바버라 엡스타인도 옆에 있었는데 그 말을 듣고는

° 업무용 연락처를 알파벳 순으로 정리하는 회전식 파일.

웃었다. "어떤 수전?" 이렇게 내 말을 따라 하더니 머리를 절레절레 흔들었고 나는 바버라가 나를 비웃는 것임을 알았다).

그 이름들. 수전은 자기에게 그렇게 흔하고 따분한 이름이 주어진 것이 썩 좋지는 않다고 털어놓은 적이 있다("당신은 '수전'처럼 안 생겼는데요." 수전은 자기한테 이렇게 말하는 사람이 많다며 흉내를 내곤 했다). 누가 '수'라고 줄여 부르면 예민하게 반응하며 바로잡아주었다. 대체로 줄임말이나 별명을 싫어했다. 그랬어도 데이비드(수전이 미켈란젤로 다비드상을 따서 지은 이름이다)를 부를 때는 종종 '디그'라고 불렀다.

그 시절에는 수전도 데이비드도 아버지와 연락을 안하고 지냈다. 데이비드의 아버지는 재혼해서 필라델피아에 살고 있었는데, 언젠가 수전의 강연 때문에 우리 셋이 차를 몰고 필라델피아에 가게 되었다. 그때 뒷좌석에 앉은 수전이 데이비드에게 말했다. "너 시그리드 데리고 필립을 만나러 가는 게 어떠니." 그래서 다음날 우리는 뉴욕으로 돌아가는 길에 필립 리프의 집에 들렀다. 수전은 차에서 기다리겠다고 했다. 미리 연락도 안 하고 무작정 갔기 때문에 초인종을 눌렀으나 아무 응답이 없었다. 현관문의 작은 유리창을 통해 안쪽을 들여다볼 수 있었는데 데이비드가 아버지가 수집하는 지팡이 컬렉션을 가리켰다.

나는 필립 리프를 결국 만나지 못했다. 하지만 2006년 그의 부고를 읽고 바로 그 지팡이들이 떠올랐고 가슴이 아팠다.

당시에 나는 수전의 글을 별로 읽은 게 없었다. 내가 학교에서 들었던 수업에서 수전의 책을 다룬 적은 없지만, 수업 시간에 한 번 이름이 언급된 기억이 있다. 교수는 그때 우리가 읽던 프로이트의 글을 편집한 필립 리프가 수전 손택의 전남편인데 이혼 뒤에 손택이 『해석에 반대한다Against Interpretation』라는 책을 썼다고 했다. 교수는 낄낄거리면서 그 책이 정말 웃기다고 말했다.

그때 웨스트 95번가에 포맨더라는 중고 책방이 있었다. 그곳에서 수전의 소설 『은인The Benefactor』과 『죽음 도구 세트Death Kit』의 하드커버 판본, 그리고 에세이 모음집 『해석에 반대한다』와 『급진적 의지의 스타일Styles of Radical Will』을 샀다. 그때까지 나온 책 전부였다(이에 더해 수전은 영화도 세 편 제작했다. 그러니 나로서는 수전이 아주 나이 많은 사람으로 느껴질 수밖에 없었다. 이루어놓은 것이 이렇게 많고 내가 어릴 때부터 유명했던 사람이니까). 책을 사려고 값을 치르는데 서점 주인이 말했다. "아, 수전 손택. 여기 만날 와요." (서점 옆에 있는 세일리어 예술 극장에 갈 때마다 당연히 서점에 들렀을 테니까.) "그런데 지금 중병에 걸렸대요. 죽어가고 있다죠."

이 말을 듣고도 심각하게 생각하지 않았던 게 기억난다. 내가 만난 수전 손택은 '중병'에 걸린 사람처럼 보이지는 않았다. 죽어가는 사람처럼 행동하지도 않았다. 나는 수전이 유방암에 걸렸다는 것은 알았지만 자세한 것은 몰랐다. 암이 얼마나 진행됐는지 예후가 어떤지 하는 것들. 우리 아버지도 얼마 전에 암으로 돌아가셨는데 수전은 그 정도로 위태해 보이지는 않았다. 수전이 내 눈에는 나이 들어 보였어도 우리 아버지가 돌아가셨을 때 나이보다 스무 살은 어렸으니까. 그로부터 30년 뒤에 수전이 세상을 떴을 때, 그 소식이 놀랍지는 않았지만(상태가 매우 안 좋다는 걸 알고 있었다) 그래도 충격이었다. "너무 생생한 존재라, 이렇게 쓰러뜨려진다는 게 어이없어"라고 친구가 나에게 부고를 전하며 말했다. '쓰러뜨려진다'라는 단어가 마음에 와닿았다. 수전이 들었으면 마음에 들어했을 것 같았다. 이와 비슷한 감정을 불러일으킬 작가가 또 얼마나 있을까 싶었다(소설에 나오는 작가 한 사람이 떠오르긴 했다. 토마스 만의 소설에 나오는 작가가 베네치아에서 죽었다는 소식은, 그가 나이가 많은 사람인데도 충격으로 받아들여진다). 수전 손택이 치료 불가능한 백혈병을 앓다가 일흔두 살이 거의 다 되어 사망했음에도, 수전의 죽음은 마치 목숨이 가혹하게 끊긴 듯한, 전성기에 스러진 듯한 느낌을 주었다. '쓰러뜨려졌다.'

나중에 충격을 받은 사람이 나 말고도 많다는 걸 알게 되었다. 수전이 나이도 많고 위험한 병에 걸렸음을 알면서도, 전에 유방암과 자궁암을 이겨낸 것처럼 이번에도 이겨내리라고 확고히 믿은 사람도 있었다. 다른 사람에게 강인한 불굴의 존재로 느껴졌다는 것, 죽기에는 너무 생생한 사람으로 비쳤다는 사실이 수전이 어떤 존재였는지를 잘 말해준다는 생각이 든다. 수전이 그런 사람이었다는 사실을 생각하면, 수전이 죽은 뒤에 데이비드의 입을 통해 전해진 수전의 극단적 행동(수전이 자신의 예외성을 끝까지 주장하며 병이 나을 희망이 없고 죽음을 피할 수 없다는 것, 죽음이 코앞에 닥쳤다는 것을 인정하지 않으려고 했던 것)들도 조금 더 잘 이해할 수 있을 것 같기도 하다.

나는 수전의 책 네 권을 얼른 읽었다. 어쩐지 곧 수전이 자기 책 중에서 어떤 걸 읽었냐고 물을 것 같았고 정답은 '네 권 다'일 거라는 생각이 들었다(정확한 예감이었다). 다른 독자들처럼 나도 에세이는 매혹적이고 소설은 읽기 힘들다고 느꼈다.

그때 나는 버지니아 울프에 푹 빠져 있었다. 또 엘리자베스 하드윅 교수를 매우 존경했는데 하드윅 교수는 나의 스승일 뿐 아니라 내가 처음으로 만나본 전문 작가이기도 했다. 수전은 하드윅에 대해 이렇게 말하곤 했다. "현존하는 미국 작가 중에서 가장 아름다운 문장을 쓰지." 수전은 자기 글에도 "리지(하드윅)가 더 많이" 들어왔으면 좋겠다고 동경하듯 말하곤 했다. 하드윅은 아름다운 리듬이 있는 매끈한 문장을 구사했고 수전의 말을 빌면 "형용사의 여왕"이었다.

수전의 글은 극적이고 마음을 흔들어놓았다. 우리가 '통렬하다'고 부르는 생각이 가득했고 그 생각을 대담하게 진술했다. 그렇지만 문체가 아름답지는 않았다. 수전은 아름다운 문장을 구사하지는 않았다. 수전의 소설에 어떤 미덕이 있는지 나는 잘 느낄 수가 없었다. 솔직히 조금 실망했는데, 왜냐하면 몇 해 전에 『애틀랜틱』에 실린 「중국 여행 프로젝트Project for a Trip to China」라는 단편을 읽었을 때는 완전히 매료되었었기 때문이다. 「중국 여행 프로젝트」는 단편이라고도 할 수 있고 에세이라고도 할 수 있는 작품이다. 순수 창작물은 아닐지라도 상상이 들어갔다. 나는 그 글이 마음에 들어서 스크랩해놓았었다(이 글은 나중에 『나, 그리고 그 밖의 것들 I, etcetera』이라는 수전의 유일한 단편집에 들어갔다). 수전이 쓴 장편 소설 중에서 내가 즐겁게 읽은 소설은 그로부터 여러 해가 지난 뒤에야 만날 수 있었다. 1992년에 출간된 『화산의 연인The Volcano Lover』이다.

1980년대 중반에 수전이 십대 때 토마스 만 생가에 갔다 왔을 때의 기억을 되살려 글을 쓰려 할 때 이런 일이 있었다(나중에 『뉴요커』에 「순례 여행Pilgrimage」이라는 제목으로 실렸다). 수전은 나한테 소설 쓰기에 대해 깨달은 바가 있다고 말했다. 자기한테 뭐가 부족한지를 알았다고. 디테일이 문제라고 했다. 수전은 나보코프의 글을 무척 좋아했지만 "신성한 디테일을 어루만지라"라는 나보코프의 유명한 말을 따르지는 않았다.

수전은 자기는 나보코프 같은 작가들처럼 세부 사항을 잘 보지 못해서 문제라고 했다. 세부적인 것을 보더라도 나중까지 기억하지는 못한다고. 예를 들어서 토마스 만의 집이 어땠는지 구체적인 것이 하나도 기억 안 난다고 했다. 그래서 지금 그 이야기를 하려니 좌절스럽다고 했다.

그게 수전의 단점이었다면 다음 장편 소설을 쓸 때는 수전이 그 문제를 개선하려고 아주 맹렬하게 매달렸던 모양이다. 『화산의 연인』에는 이전 글에서는 볼 수 없었던 감각적이고 구체적인 디테일이 가득 들어 있다.

나는 그때 일기를 안 썼다. 어쩌면 썼을지도 모르지만 지금 남아 있는 게 없다. 그래서 내가 수전의 편지 작업을 도우러 몇 번이나 갔는지 정확히는 말할 수 없는데, 서너 번쯤이었던 것으로 기억한다. 그리고 아마 두 번째 갔을 때 수전을 보러 멀리서 온 수전의 어머니를 만난 것 같다. 체구가 작고 가녀린 여인이었고(두 사람이 나란히 있으니 수전이 거인처럼 보였다) 턱 언저리까지 내려오는 짧은 머리카락을 새카만 색으로 염색했다. 나이 든 플래퍼,° 늙은 루이즈 브룩스°처럼 보였다. 빨간 립스틱을 발랐고 긴 손톱도 빨간색으로 칠했다. 보석 장신구를 달았던 것 같은데 아마 반지였을 것이다. 시가렛 홀더°가 떠오르는데 실제 기억인지 내가 만들어낸 상상인지는 모르겠다. 그분이 담배를 피웠던 것은 확실하다("수전 앞에서는 안 피우려고 했는데." 어머니가 나에게 말했다. "그런데 데이비드도 그러고 다들 피우니까….").

그날 수전과 나만 남았을 때 수전이 거침없는 말투로 자기 가족 이야기를 털어놓았다. 어머니하고는 거의 안 보고 지낸다고, 열여섯 살 때 집에서 나온 뒤로 남남처럼 지냈다고 했다. 수전이 암에 걸렸다고 했더니 어머니가 전기담요를 보냈단다. 수전은 얼마나 무지한 행동이냐는 듯 눈을 치켜뜨고 어깨를 으쓱했다. 내 기억에 그날은 수전이 어머니에 대해 솔직하게 말하긴 했지만 악감정을 드러내진 않았던 것 같다. 그러나 나중에는 더 많은 이야기를 더 절절한 감정과 함께 쏟아내서 수전의

° 1920년대 유행의 최첨단을 걷는 여성.
° 미국의 배우, 댄서. 플래퍼 세대의 대표적 인물로 보브컷을 유행시켰다.
° 과거에 여성들이 주로 사용했던, 담배를 끼워서 피우는 가는 튜브.

어머니가 마치 신화적 존재처럼 느껴졌다. 차갑고 이기적이고 자기중심적인 여자 악당. 수전에게 전혀 애정을 주지 않았고, 똑똑한 딸을 칭찬해주지도 않았고, 자기한테 똑똑한 딸이 있다는 사실조차 모르는 것 같았던 사람. "완벽한 성적표를 들고 집에 가면 어머니는 한마디 말도 없이 그냥 사인만 했어. 칭찬이라고는 한 번도 한 적이 없고 내 학업에는 관심도 없었지."

나쁜 어머니. 무서운 여인(데이비드는 이분도 절대 '할머니'라고는 부르지 않고 밀드레드라고 불렀다). 아주 인색하기도 했다. "나한테는 동전 한 푼도 안 줬어. 집에서 나와 대학에 간 다음부터는 내 힘으로 다 해야 했지. 그때 굶어서 죽었을 수도 있어." 수전을 아는 사람은 누구나 이 이야기를 알고 수전의 원망이 얼마나 깊은지도 알았다. 수전은 자기가 방치된 아이, 아니 아예 버려진 아이였다고 생각했다. 수전은 주로 로지라는 보모 손에 자랐다. 로지는 아일랜드계 미국인이고 글을 모른다고 했다. 나중에 데이비드가 태어났을 때 수전은 로지를 다시 불렀다("그래서 우리가 이렇게 비슷한 점이 많다고 농담을 하곤 하지. 우리 둘 다 같은 보모 손에 자랐으니까." 수전의 말이다).

이런 말을 수도 없이 들었다. "어머니는 내가 어떻게 되든 아무 관심이 없었어." "한 번도 나를 돌봐준 적이 없어." 마치 어제 일처럼 그렇게 말하곤 했다. 수전에게는 영영 회복되지 않는 상처였다.

어머니 말고 또 다른 가족으로 수전에게 손택이라는 성을 물려준 새아버지와 여동생이 있었다. 두 사람에 대해서는 어머니에 대해 이야기할 때처럼 원망을 담아 말하지는 않았지만, 이들하고도 사이가 멀어졌다고 했다. 자기와 아무 공통점이 없기 때문이었다. 집안에서 지식인은 자기 한 사람뿐이었다. 문화나 정치에 관심이 있는 사람은 아무도 없었다. 수전이 쓴 글, 수전이 누리는 명성, 수전의 화려한 경력. 수전의 가족에게는 전부 아무 의미가 없는 것이었다. 수전의 세계가 그들에게는 외계나 다름없었다.

처음 읽을 때도 그렇게 읽히긴 했지만, 「중국 여행 프로젝트」가 극히 자전적인 글이라는 사실을 알게 되었다 (자기에게는 드문 일이라고 수전이 설명했다. 수전은 개인적 경험을 바탕으로 글을 쓰는 사람이 아니었다. 사실 "나는 자전적 글에 반대하는 사람"이라고 수전은 말했다).

수전의 친아버지는 수전이 다섯 살 때 폐결핵으로 사망했다. 어머니는 아버지가 돌아가시고 몇 달이 지난 다음에 수전에게 아버지가 중국에서 돌아오지 않을 것이라고, 아무 일도 아니라는 듯 덤덤한 말투로 말했다. 그리고 그때 "펑, 내가 처음으로 천식 발작을 일으켰어." 수전이 말했다. 수전의 천식이 꽤 심해서 의사의 조언을 따라 수전이 태어난 곳인 뉴욕시를 떠나 이사해야 했다. 마이애미에 잠시 살다가 투산에 정착했다. 나중에는 편두통과 빈혈에도 시달렸다. 날마다 어머니가 도축장에서 받아온 생피 한 잔을 마셔야 했다고 한다(나에게는 그 이미지가 무척 끔찍하게 떠올랐다).

수전은 아버지를 거의 기억 못 하고 아버지한테 배운 것도 거의 없었으므로 아버지를 만들어내야 했다. 자연스레 아버지를 이상화하게 되었다. 밀드레드처럼 평범하고 호기심도 야망도 없는 사람이 어떻게 수전 같은 자식을 낳았는지 수전은 (그리고 다른 사람들도) 이해할 수가 없었다. 그래서 수전은 아버지가 교육을 많이 받지는 않았지만 두뇌가 명석하고 그밖에 다른 존경할 만한 자질이 있었을 거라고 상상했다. 아마 그 상상이 맞을 것이다. 수전의 친아버지 잭 로젠블라트는 대단한 사람이었을 것 같았다. 수전은 만약 아버지가 죽지 않았다면 좋은 아버지가 되어주었을 것이고 가족 중 유일하게 수전과 공감할 수 있는 사람, 수전의 성취를 자랑스럽게 여기고 열정을 같이 나눌 사람이 되었으리라고 생각하기를 좋아했다. 한편 수전의 남편은 끔찍한 아버지였다. 하지만 수전은 자기 아들은 그냥 좋은 아버지가 아니라 훌륭한 아버지가 될 거라고 믿었다. 이것도 수전이 입이 닳도록 하던 말 중 하나였다. 자기가 훌륭한 엄마였다고 생각한다는 말과 함께. 한번은 수전이 나에게 내가 좋은 엄마가 될 것 같으냐고 물었다. 내가 솔직히 모르겠다고 대답하자 수전이 뜨악해했다. "어떻게 그런 말을 할 수가 있어?" 마치 내가 나쁜 사람이라고 고백한 것 같은 분위기였다. 수전은 자기가 좋은 엄마였다는 것에 한 치의 의심도 없다고 말했다. 사실 애를 더 낳지 않은 것이 수전이 가장 후회하는 일 가운데 한 가지였다. 수전은 아기나 어린아이를 볼 때마다 '범죄적' 감정이 든다고 했다. "아기들을 보면 납치하고 싶어!" 심지어 어린 동물을 보아도 가슴이 아렸다. 한 번은 새끼 코끼리를 가까이에서 보았는데 감정이 너무 북받쳐서 "울고 또 울었다"고 했다(데이비드가 어릴 때 두 사람이 헤어져 있었던 기간이 길었기 때문이 아닐까 하는 생각이 들었다. 수전은 데이비드를 다른 사람 손에 맡기고 꽤 오랜 기간 떠나 있기도 했다. 데이비드의 다섯 번째 생일 무렵에는 외국에 나가 있었는데 1년이 넘도록 데이비드를 만나지 않았다).

데이비드가 어릴 때 수전은 자기가 자기 어머니와 반대로 할 때마다 스스로에게 점수를 주곤 했다(예를 들어 수전은 데이비드에게 돈이 필요하면 아무 때나 물어보지 말고 엄마 지갑에서 꺼내 가라고 했다고 한다). "'나는 우리 어머니와 달라'라고 말할 수 있다는 게 정말 기분이 좋았어." 실제로 수전은 데이비드에게 돈을 쏟아부었다.

340번지에 세 번째로 갔을 때 데이비드를 처음으로 만났던 것 같다. 내가 막 나가려는데 데이비드가 집에 돌아왔고 수전이 우리를 인사시켰다. 그러고 하루 이틀쯤 지났을까, 수전이 전화해서 다시 오라고 했다. 약속한 대로 다음 주에 올 것이 아니라 오늘 오후에 오라는 것이었다. 나는 알겠다고, 문제없다고 대답했다. 수전이 매우 다급한 상황인 것처럼 들렸다. 나는 수전을 실망시키고 싶지 않았다.

가보니 수전과 데이비드와 그때 그 집에 얹혀살던 데이비드의 친구가 같이 부엌에서 커피를 마시고 있었다. 잠시 조리대에 같이 둘러앉았다가 수전과 나는 일을 하러 침실로 갔다. 그런데 일을 겨우 시작하는 둥 마는 둥 했을 때 수전이 두 손을 들더니 이렇게 말했다. "오늘은 일 못 하겠다. 일할 기분이 아니야. 피자나 먹으러 갈까?" 넷이서 같이 가자는 말이었다. 그래서 넷이서 암스테르담 애버뉴에 있는 V&T 피자로 갔다.

우리가, 아니 나는 거의 아무 말도 안 했으니 그들이 무슨 이야기를 했는지는 기억이 안 난다. 나는 정신이 딴 데 가 있었다. 사실 상태가 매우 안 좋았다. 2년 동안 같이 산 남자친구가 다른 사람을 만난다는 사실을 막 알게 된 때였다. 남자친구는 실수였다고, 이제 다시는 딴 사람 만나지 않을 테니 헤어지지 말자고 했지만 나는 그 말을 믿을 수가 없었다. 일단 그는 전적이 있었다. 누구랑 사귀다가 도중에 다른 사람을 만나기 시작하고, 둘 사이를 왔다 갔다 하다가 결국은 나중에 만난 여자한테로 가는 패턴이 있었다. 그래서 나는 우리 앞날에 희망을 못 느꼈고 게다가 그 남자를 계속 원하는지도 확신이 없었다. 그런데 그 남자와 새 여자친구 둘 다 『뉴욕 리뷰』에서 일하고 있었기 때문에 두 사람의 관계가 그곳에서 공공연한 비밀이었다. 나는 그 소식이 수전 귀에 들어가지 않기를 바랐다. 그런데 알고 보니 이미 들었고 그래서 나한테 전화를 한 거였다. 그래서 우리가 피자집에 와 있었고.

지난번에 내가 340번지에서 데이비드와 인사를 나누고 집에 갔을 때 데이비드가 수전에게 나한테 남자친구가 있는지 물었단다. 수전은 있다고 말했는데 그 뒤에 바로 『리뷰』의 친구한테서 내가 남자친구와 끝났을 거라는 말을 들었다. 수전은 데이비드에게 나한테 전화해 보라고 했다. 데이비드는 수줍음이 많아서 그럴 수가 없었다. 수전은 아니었다.

그 뒤 몇 주간 일어난 일은 이랬다. 나는 남자친구와 같이 살던 아파트에서 나와 근처에 있는 아파트에 방한 칸을 구했다. 최근 대학을 졸업한 사람 둘이 함께 살던 아파트에 내가 추가로 들어간 것이다. 여름 동안 그곳에서 지내면서 차차 혼자 살 집을 알아볼 생각이었다. 전 남자친구는 새 여자친구를 계속 만났고 곧 둘이 같이 살게 되었다. 나는 데이비드를 만나기 시작했다. 수전은 조지프 브로드스키°와 연애를 시작했다.

그때는 조지프 브로드스키가 1972년 고향 소련에서 추방당하고 여러 유럽 도시를 전전하다가 미국에 건너와 정착한 지 얼마 안 되었을 때였다. 브로드스키는 이듬해에 미국 시민이 됐다. 서른여섯 살밖에 안 되었는데 독일이 레닌그라드를 점령했을 때 거의 굶어 죽을 뻔했고, 1년 반 동안 강제 노역을 해야 했던 등("사회적 기생"을 저질렀다는 이유로 5년형을 선고받아 북러시아에 유배되었다가 감형받고 풀려났다) 힘든 삶을 산 데다, 골초에 심장병이 있어 훨씬 나이 들어 보였다. 머리가 많이 벗어졌고 치아가 빠졌고 아랫배가 나왔다. 지저분하고 헐렁한 옷을 단벌로 입었다. 그러나 수전에게는 너무 멋있는 사람이었다. 이때 시작된 두 사람의 우정은 브로드스키가 1996년 사망할 때까지 이어졌고 만남 초기에는 특히 수전이 그에게 푹 빠져 있었다. 유럽 작가를 자국 작가보다 우월하게 생각하는 미국 문인들이 있는데 수전도 그중 한 사람이었다. 러시아 작가, 특히 러시아 시인한테는 무언가 매혹적인 품격이 있다고

° Joseph Brodsky(1940-1996). 러시아 출신의 미국 시인. 1987년에 노벨 문학상을 받았다.

생각했다. 조지프 브로드스키는 W. H. 오든°과 안나 아흐마토바°에게 찬사를 받았다. 그리고 영웅이고 순교자이기도 했다. 예술 때문에 범죄자 취급받은 작가였으니. 조지프가 노벨 문학상을 받으리라는 건 당연한 일이었다. 수전은 그를 숭배했다. 그가 지나가듯 던진 말 한마디, 끝없이 시도하는 말장난("무에르토 리코"),° 가벼운 재담("당신 말이 인용되기를 바란다면, 남을 인용하지 말아요")에서 천재성을 발견했다. 톨스토이를 후려치는 말을 장황하게 늘어놓아도 다 받아주었다(그는 톨스토이가 "도스토예프스키에 한참 못 미친다"라고 했고 지적인 마거릿 미첼°과 비슷하다고, 사회주의 리얼리즘으로 나아가는 길을 닦아준 역할 정도를 했을 뿐이라고 했다). 조지프는 그것보다 더 기이한 문학 비평도 내놓았다(나보코프의 글은 "너무 많이 절여졌다"라고 했다). 조지프의 거친 말도 수전은 눈감아줬다(브로드스키는 마운트 홀리요크 대학에서 학생들을 가르쳤는데

° W. H. Auden(1907-1973). 현대시의 아버지로 불리는 영국 태생의 미국 시인.
° Анна Ахматова(1889-1966). 20세기 러시아의 가장 위대한 시인 중 한 명.
° '풍요로운 항구'라는 뜻의 푸에르토리코를 변형한 말로 '풍요로운 죽음'이라는 뜻.
° Margaret Mitchell(1900-1949). 미국의 소설가. 『바람과 함께 사라지다』의 저자.

그곳 여학생들을 '마운티'라고 불렀고, 게이 남성이 턱을 기울인 모습을 '그리스식 질문'이라고 했다).

"이제 이걸 이겨냈으니까," 그때 유방암 치료가 아직 다 끝나기 전이었는데도 수전은 이렇게 말했다. "두 가지를 하고 싶어. 일을 하고 싶고, 재미를 느끼고 싶어." 조지프는 재미있었다. 입을 다문 채로 귀엽게 거의 끅끅거리며 웃었고 자주 웃었다. 폭력의 희생자였지만 따뜻한 가슴을 잃지 않았다. 시인은 인간 중에서 우월한 존재이며 자기가 세계 최고 시인 중 한 명이라는 의견을 거리낌 없이 밝혔지만, 잘난 척하거나 우쭐대는 사람은 아니었다. 마음이 넓고 다정한 사람이었고 유쾌하게 시간을 (특히 여러 사람과 함께) 보내기를 좋아했다. 또 장난꾸러기 같고 소년 같은 유머 감각이 있었다. 고양이를 좋아했고 가끔 인사 대신 고양이 울음소리를 내기도 했다. 그때 데이비드한테 차가 있어서 우리 넷이 차를 타고 맨해튼을 돌아다녔던 일이 생각난다. 담배 네 대가 함께 탔고, 차 안은 연기와 조지프의 깊이 울리는 목소리와 카랑카랑하고 괴상한 웃음소리로 가득 찼다.

조지프는 모국어인 러시아어가 아니라 독학한 영어로 에세이를 쓰고 싶어했다(시도 일부 영어로 쓰기 시작했다). 조지프도 수전과 같이 『뉴욕 리뷰』에 글을 실었다. 조지프의 초기 글에서 수전은 번득이는 천재성도 보았지만 단점도 보았다. 조지프는 진심으로 자기 글에 대한 수전의 의견을 듣고 싶어하는 것 같았지만 수전은 갈등에 빠져 있었다. 솔직히 말하고 싶었지만(솔직해야 할 의무가 있다고 생각했다), 조지프가 어떻게 받아들일지 확신이 안 섰다. 고민하다가 조지프가 비판을 좋게 받아들이지 않을 거라고 결론 내렸다. 수전은 비판 없이 칭찬만 했다. 하지만 그게 양심에 걸렸다. 한 번은 나를 대변인으로 이용하려고 하기도 했는데("네 의견이라고 생각하면 더 편하게 받아들일 거야") 내가 거절했다.

조지프는 수전의 감정을 그만큼 조심스럽게 대하지 않았다. 한번은 수전이 비평은 인제 그만 쓰고 소설만 쓰고 싶다며(수전이 늘 바라던 일이었다) 이렇게 말했다. "힘들게 일하는 게 이제 지겨워. 난 노래하고 싶다고!" 조지프는 수전의 소설을 읽어봤기 때문인지 꾸짖듯이 이렇게 대꾸했다. "수전, 이걸 알아야 해. 노래하는 재주는 누구에게나 주어진 게 아냐." (한편 조지프가 『뉴요커』에 실린 진 스태퍼드의 단편 「시인의 쇄도」를 극찬했던 일이 떠오른다. 조지프와 수전이 대체로 우습

게 보던 리얼리즘 기법으로 쓰인 글이었는데도.)

조지프는 또 수전이 책을 많이 갖고 있다고 나무랐다. 책은 읽고 나면 다른 사람에게 주어버리는 게 상책이라고 했다.

"수전, 수전, 기다려, 입 좀 다물어줘, 내가 말하고 있잖아!" 조지프는 늘 관심의 초점이 되어야 했고 자기가 가장 말을 많이 해야 했다. 조지프가 하는 말이 늘 재미있긴 했지만, 조지프와 헤어지고 나서 방해 없이 수전의 생각을 들을 수 있게 돼서 좋을 때도 많았다. 수전의 말이 (적어도 나에게는) 더 논리적으로 들렸고 더 많은 가르침을 주었다. 그리고 수전이 조지프보다 훨씬 더 잘 아는 분야도(예를 들면 영화 등) 많았다.

두 사람이 하는 말을 들을 기회가 있었다는 게 나에게 얼마나 특별한 혜택이었는지 굳이 말할 필요가 있을까? 지금 그때를 돌아보며 더 큰 기쁨을 느낄 수만 있다면 얼마나 좋을까. 아니면 적어도 고통스럽지 않게 기억할 수만 있다면.

      …… 침묵은 우리가 스치며 하는

      인사에 존재하는 작별.

나는 1973년에 출간된 조지프의 영어판 시집을 읽었다. W. H. 오든의 서문이 있고 오든을 추념하는 헌사가 붙은 책이었다(오든은 시집이 출간된 해에 죽었다). 340번지 사람들이 가장 열광하던 시는 「존 던에게 바치는 엘레지」였다고 기억한다. 그렇지만 내 마음에 가장 강하게 남은 것은 「고르부노프와 고르차코프」의 칸토 10에 나오는 이 행이다. 여전히 마음을 흔들어놓는다.

그 시절에 수전과 데이비드가 가장 좋아하던 음식은 스시였다(나는 두 사람 때문에 처음으로 먹어봤다). 그래서 둘 중 한 명 혹은 두 사람과 같이 집 밖에서 식사를 할 때면 으레 컬럼버스 애버뉴에 있는 일식당 두 군데 아니면 미드타운에 있는 좀 더 고급스러운 호텔 일식당에 갔다.

하지만 조지프와 같이 식사를 할 때는 무조건 차이나타운에 가야 했다. 어느 날 밤 조지프가 젓가락으로 해삼 한 조각을 집어 들고 둘러앉은 사람들을 보고 환히 웃으며 이렇게 말하던 일이 생각난다. "정말 행복하지 않아?" 그러더니 몸을 돌려 수전에게 입을 맞췄다.

그날 밤, 우리가 조지프가 사는 모턴 스트리트에 조지프를 내려주고 얼마 지나지 않아 조지프는 첫 번째 심장 발작을 일으켰다.

　내가 내 아파트에서 보낸 시간은 많지 않았지만(그
여름 동안 수전은 거의 파리에 있는 집에서 지냈다) 그
래도 여름이 끝날 무렵에 나는 새 아파트를 구했다. 반
쯤 슬럼화된 어퍼웨스트사이드의 험한 동네에 있는 아
파트였다. 짐을 다 옮기기도 전에 도둑을 맞았다. 이웃
사람들이 건물 관리인이 도둑이라고, 나 말고도 당한 사
람이 많다고 말해주었다. 관리인에게 따졌더니 모르는
일이라고 잡아뗐으나 어쩐지 수상쩍어 보였고 나에게
엄청나게 못되게 굴었다. 집주인은 개입하고 싶어하지
않았다. 걱정되면 자물쇠를 바꾸라고 피곤하다는 듯 말
했다. 관리인이 도둑이기만 한 게 아니라 사이코패스인
것 같았다. 아무렇지도 않게 세입자 아파트에 들어가 물
건을 털면서 외부인 소행인 것처럼 보이게 하려고 창문
을 열어놓았다니(내 아파트의 경우에는 도둑이 창으로
들어오려면 하늘로 날아올 수밖에 없었다). 그 집에서
살기가 겁이 났다. 그래서 결국 안 살았다.

∫

　　　　　　　　그런데 작가 레지던시에는
왜 가려는 거야? 수전이 궁금해했다. 자기라면 그런 데
는 절대 안 갈 거라고 했다. 한동안 어딘가 틀어박혀 일
을 해야 한다면 호텔로 가겠다고 했다. 몇 번 그렇게 했
는데 아주 좋았다고, 룸서비스로 샌드위치와 커피를 주
문하고 신들린 듯이 일했단다. 하지만 시골 휴양지 같은
곳에 고립되어 지낸다니 너무 우울하게 들린다고 했다.
게다가 시골에서 무슨 영감을 얻겠다고? 플라톤도 안
읽어봤냐고 했다(『파이드로스』에서 소크라테스가 파이
드로스에게 "나는 학문을 사랑하는 사람이지만 나무와
시골 풍경은 나에게 아무것도 가르치지 않는다"라고 말
했다).
　나는 수전만큼 예술과 인간의 아름다움을 열렬히 찬
탄하는 사람을 본 적이 없다. "나는 미美의 광인이야"라
고 수전은 수도 없이 말했다. 그런 한편 수전만큼 자연
의 아름다움에 무감한 사람도 본 적이 없다. 수전에게는
너무나 당연한 일이었다. 도시가 시골보다 우월한 것처
럼 예술이 자연보다 우월했다. 어떻게 "20세기의 수도"

맨해튼을 떠나 숲에서 한 달을 보내고 싶을 수가 있나?

나는 시골로 이사 가는 생각도 해본다고, 지금은 아니어도 나중에 나이 들면 그러고 싶다고 말하자 수전은 경악했다. "은퇴하겠다는 말이지." '은퇴'라는 말에 수전은 알레르기 반응을 일으켰다.

하와이에 부모님이 살고 있어서 수전은 가끔 그곳에 가야 했다. 내가 미국 50개 주 가운데 가장 아름답다는 하와이에 너무 가보고 싶다고 말했는데 수전은 도저히 이해가 안 된다는 표정이었다. "거기 지독하게 따분한데." 호기심은 수전의 글에서 두드러지는 미덕이고 수전 역시 호기심이 끝 없는 사람이었지만, 자연 세계에 대해서만은 아무 관심이 없었다. 아파트에서 보이는 전망에 자주 경탄하면서도 길을 건너 리버사이드 파크에 갈 생각은 전혀 없는 것 같았다.

언젠가 우리가 같이 시외에 있는 대학 캠퍼스를 걸을 때였는데 다람쥐 한 마리가 쪼르르 달려오더니 오크나무 밑동에 있는 구멍으로 쏙 들어갔다. "오, 저거 봐. 디즈니 영화하고 똑같네." 수전이 말했다.

한 번은 내가 쓰던 단편을 보여준 적이 있는데 거기에 잠자리가 나왔다. "이게 뭐야? 네가 만들어낸 거야?"

내가 잠자리가 뭔지 설명하려 하자 수전이 말을 끊었다. "됐어." 중요한 게 아니었다. 따분한 거였다.

'따분하다'라는 말도 '비굴하다'처럼 수전이 좋아하는 단어였다. '귀감이 되다'라는 말도 좋아했다. '진지하다'라는 말도. "어떤 사람이 얼마나 진지한지 알고 싶으면 그 사람이 가진 책을 보면 돼." 책장에 어떤 책이 꽂혀 있느냐 뿐 아니라 어떻게 정리되어 있느냐도 중요했다. 그때 수전이 가진 책이 6천 권 정도 됐는데 그 뒤로 세 배 정도 더 늘었다고 한다. 수전 때문에 나도 책을 정리할 때 알파벳 순이 아니라 주제별 시대별로 분류했다. 나는 진지해지고 싶었다.

"여자들한테는 더 힘들어." 수전이 인정했다. 진지해지고, 자기 자신을 진지하게 생각하고, 다른 사람에게 진지하게 받아들여지기가 여자는 더 어렵다고. 수전은 어릴 때 이미 결연하게 마음을 먹었다. 젠더가 걸림돌이 된다고? 그런 일은 있을 수 없었다! 그러나 여자들은 대체로 너무 소심했다. 여자들은 자기주장을 내세우기를 겁냈고 너무 똑똑하고 너무 야심 있고 너무 자신 있어 보일까봐 걱정했다. 여자답지 않게 보일까봐 겁냈다. 딱딱하고 냉담하고 자기중심적이고 오만하게 보이기를 꺼렸다. 남자처럼 비치는 걸 두려워했다. 여자들이 가장 먼저 극복해야 할 것이 바로 그런 두려움이었다.

내가 가장 좋아하는 수전 손택 일화 가운데 이런 것이 있다.

1960년대 언젠가 수전이 파라, 스트로스 앤드 지루 소속 작가가 되고 난 뒤 어퍼이스트사이드에 있는 스트로스의 집 디너파티에 초대를 받았다. 당시에 스트로스 저택에서는 저녁 식사가 끝나면 남녀가 나뉘어 각각 다른 방에 모이는 게 관습이었다. 수전은 잠깐 어리둥절하다가 상황을 파악했다. 수전은 여주인에게 아무 말도 하지 않고 성큼성큼 남자들이 있는 쪽으로 갔다.

도로시어 스트로스가 몇 년 뒤에 그 이야기를 웃으며 들려주었다. "그냥 그걸로 끝이었어요! 수전이 전통을 깼고 그 뒤로는 식사 끝나고 남녀가 나뉘지 않았죠."

수전은 확실히 남자처럼 보이는 걸 전혀 두려워하지 않았다. 그러면서 다른 여자들이 자기 같지 않으면 답답해했다. 여자들이 있는 방에서 나와 남자들 사이로 들어가지 못한다고.

수전은 항상 바지만 입었고(보통 청바지) 굽 낮은 신발을 신었다(보통 운동화). 백은 절대 들지 않았다. 왜 여자들이 백에 집착하는지 이해를 못 했다. 내가 늘 백을 들고 다닌다고 놀리곤 했다. 왜 여자들은 백이 없으면 안 된다고 생각하지? 남자들은 안 들고 다니잖아? 왜 여자들은 스스로 짐을 지우지? 대신 남자들처럼 열쇠, 지갑, 담뱃갑이 들어갈 만큼 큼직한 주머니가 있는 옷을 입으면 되지 않아?

(그런데 수전이 독일 바이로이트에서 리하르트 바그너 음악제에 갈 때는 치마를 입어야만 했다. 바그너를 위해 수전은 숙녀처럼 차려입었다. 파리에서 산 잔주름이 있는 검은색 실크 롱스커트를 입고 옷에 걸맞게 스타킹과 힐도 신어야 했다. 뉴욕에 돌아와서 스트로스가 주최한 레스토랑 디너파티에 갈 때도 재미 삼아 그 의상을 또 입었다. 수전이 우리에게 요부 흉내를 내보였는데 다들 정말 기이하고 심지어 변태적이라고들 했다.)

수전의 멋있는 외모가 늘 사람들 입에 오르내렸지만 수전이 자기 외모에 허영심이 있다는 생각은 단 한 번도 해본 적이 없다. 내 생각에 외모에 대한 칭찬 가운데 수전이 가장 마음에 들어했던 것은 피트 해밀°이 한 이런 말이었던 것 같다. "그 세대에서 가장 지적인 페이스

° Pete Hamill(1935-2020). 미국 언론인, 작가.

를 가졌다." (피트 해밀이 1977년 로버트 로웰° 장례식을 보도한 기사에서 이런 칭찬을 하고 얼마 지나지 않아 두 사람이 사귀기 시작했으니까.) 수전 본인은 자기 외모에 확신이 없었다. "어떤 날은 거울을 보고 '이런, 나 정말 잘생겼잖아' 하고 생각했고," 어떤 날에는 한숨이 나왔다.

"나는 사람들이 보기 싫다고 하는 특징 한두 가지가 늘 있었어." 수전이 말했다. 눈 밑 주머니가 있었고 발목이 굵었다. 또 손톱을 물어뜯었다. 수전은 임신했을 때 생긴 튼 살에 신경을 썼고, 목숨을 건지는 대가로 가슴 한 쪽을 잃는 것쯤은 아무것도 아닐 수 있을 텐데, (누구나 그렇겠지만) 수전도 대범히 받아들이지 못했다. 그렇지만 그녀는 가슴을 잃은 걸 '부끄러워'하기를 거부했고, 셔츠를 들어 올려 절개 흉터를 보여주었다. "대단하지 않아? 흉측할 거라고 생각했는데 사실 그냥 삭제된 거랑 똑같아." 정말 그랬다. 수전은 남자들에게, 처음 만난 사람들에게 가슴을 드러내 보이기를 주저하지 않았다. 누구나 궁금해하는 게 당연하고 누구든 움찔하지 않

° Robert Lowell(1917-1977). 미국의 시인. 1946년과 1974년에 풀리처상을 받았다.

고 볼 수 있어야 한다고 생각했다(수전은 비위가 약한 사람을 싫어했다. 어느 날 타이 요리를 먹다가 돼지 귀가 들어갔다고 비위 상해하는 사람을 놀렸다. 수전은 그 사람 접시 위에 있는 돼지고기 조각을 가리키면서 "그러면 이건 돼지의 어디 부위일 것 같아?"라고 물었다). 수전은 유방 재건 수술을 받을까도 생각했는데 그냥 하지 않기로 결정을 내렸다. 그러나 친구가 옳은 결정이라고, '이제 젊은 여자도 아니니까'라며 동의하자 벌컥 화를 냈다. "그렇게 생각하고 싶지 않아. 내 삶이, 내 성생활이 이제 다 끝났다고는." (사실 수전은 평생 어떤 것에 있어서든 나이에 구애받지 않으려고 했다. 어린 시절은 빨리 떠나보내고 싶어했지만 노화라는 현실에서는 벗어난 것처럼 살고자 했다.)

수전은 이런 말도 했다. "너와 나의 가장 큰 차이가 이거야. 너는 화장을 하고 사람들 눈길을 끌고 매력적으로 보일 방식으로 옷을 입지. 하지만 나는 내 외모에 관심을 끌려는 노력은 안 할 거야. 누가 원한다면 자세히 들여다보고 나한테서 매력을 발견할지도 모르지. 하지만 내가 그렇게 되도록 만들려고 애쓰지는 않을 거라고."

나의 방식은 전형적인 여자의 방식이고, 수전의 방식은 대체로 남자의 방식이었다.

수전은 화장은 안 했지만, 아다시피 염색은 했다. 그리고 향수를 썼다. 남자용 향수, 디오르 옴므를.

그리고 많은 여자들이 그러듯 몸무게에 연연했다. 담배를 얼마나 피우는지 글을 얼마나 쓰는지에 따라 수전의 몸무게는 크게 오르락내리락하곤 했다. 글을 많이 쓸 때는 보통 암페타민도 먹었다. 마흔 살이 넘은 뒤에는 마른 쪽보다는 과체중에 속할 때가 많았다. 또 많은 여자들이 그러듯 선호하는 다이어트법이 있었다. 여섯 끼를 굶고 6파운드 줄이기. 쉬운 일은 아니었다. 수전은 먹는 것을 좋아했다(좀 부끄럽지만, 사실 우리 두 사람의 가장 닮은 점은 왕성한 식욕이 아닌가 싶다).

수전은 키가 큰 것을 만족스러워했다. 페미니즘 학회에 갔을 때 저메인 그리어를 보고 질투를 느꼈단다. "그곳에서 나보다 키가 큰 유일한 여자였어." (삽화가 솔 스타인버그는 수전은 사실은 진짜 키 큰 사람이 아니라 키 작은 사람 두 명이 위아래로 합쳐진 사람이라는 기묘한 주장을 한 적이 있다.) 그렇지만 다른 여자들의 외적인 매력에 질투를 느끼는 일은 거의 없었다.

수전은 운동은 전혀 안 했다. 평생 한 번도 건강한 적이 없었단다. 그래도 날씨가 춥지 않을 때, 그리고 도시에 있을 때는 걷기를 좋아했다. 수전은 느릿느릿 느긋하게 약간 평발처럼 걸었는데 우아하다고는 할 수 없어도 멋있었다. 걸을 때는 턱을 높이 들었고 청바지 허리 부분이나 주머니에 엄지손가락을 걸고 걸었다.

검은색 옷을 많이 입었는데 잘 어울리는 색은 아니었다. 피부색이 짙은 편이라 흰색, 장미색, 파란색이 더 잘 어울렸다. 나는 수전이 더 부드러운 인상을 주는 유채색 옷을 입어야 한다고 생각했다. 왜 그렇게 늘 강하게 보이려고 하는지 이해를 못 했다. 가끔은 수전이 교도소 여간수처럼 보였다.

수전은 옷을 입는 법을 남에게 배워야 했었다는 말을 했다. 옷이나 스타일에 대해 아무것도 모르는 채로 사춘기가 되었다. "촌뜨기였어. 폴리에스터가 그냥 좋은 건 줄 알았지."

수전은 머리카락을 흔들거나 뒤로 넘기기를 잘했고, 손가락으로 머리카락을 빗질하듯 얼굴에서 넘기는 게 특유의 동작이었다. 흰 머리카락 가닥을 남긴 게 나에게는 자연스러워 보이지 않아 별로 마음에 안 들었다.

수전의 미에 대한 "병적인(본인의 말이다)" 집착을 언급한 사람이 많다(수전 본인도 포함해서). 하지만 수전은 다른 것들에 대해서도 그랬지만 신체적 아름다움에 대해서도 취향의 폭이 아주 넓었다. 온갖 형태에서 아름다움을 봤고 다른 사람들은 특별하지 않게 볼 남녀에게서도 아름다움을 느꼈다. 한 가지라도 인상적인 특징이 있는 사람이라면(예를 들어 몸이 좋거나 눈이 크고 파랗거나), '목숨이라도 걸 수 있을' 사람이 됐다. 수전이 북베트남에서 본 사람들을 이야기하면서 '사람들이 전부 다 영화 배우처럼 보였다'라고 이야기한 걸 어떻게 설명할까? 나는 수전 특유의 과장법이라고 생각했다. 자기 마음에 든 예술 작품은 모두 걸작이고, 감동을 준 예술가는 모두 천재이고, 용감하게 행동한 사람은 모두 영웅이고, 길모퉁이를 돌 때마다 헬레네 아니면 아도니스가 있었다.

수전이 어떤 사람의 외모에 사로잡히고 말았다는 사실을 한탄할 때도 있었다. 전 애인 중 한 사람을 몹시 증오했는데 미친 듯 사랑했던 사람이 아니면 결코 그럴 수 없을 정도로 정말 열렬히 증오했다. 그 사람을 볼 때마다 고통스러운 까닭은 딱 하나라고 했다. "그 사람이 머리에 종이봉지를 쓰고 나타난다면 나도 아무렇지 않을 텐데." 다른 사람들이 그 여성에게서 그토록 치명적인 아름다움을 발견하지 못하겠다고 하자 수전은 "눈이 멀었나보다"라고 말했다.

'민감하다'라는 단어가 떠오른다. 수전은 민감했다. "누군가와 가까워지면, 그냥 친구 사이인데도 그 사람한테 어떤 성적 매력을 느껴." 그래서 친구하고 결국 같이 자게 되는 일이 많았다.

수전은 엘리자베스 하드윅을 존경하면서도 하드윅도 다른 사람들처럼 여성성에 발목을 잡혔다고 생각했다 ("나는 언제나, 평생, 남자의 도움을 구해왔다"라고 하드윅이 쓴 적이 있다). 특히 남부인 특유의 고약한 여성성에 얽매 있다고 보았다(그런 한편 내가 하드윅과 여성 작가들에 관해 이야기하다가 수전의 이름을 입에 올렸을 때 하드윅은 이렇게 말했다. "그 사람은 사실 여자가 아니야.").

수전은 버지니아 울프가 천재라고 생각하면서도, 나처럼 울프를 우상으로 숭배하는 것은 너무 빤하고 순진하다고 보았다. 게다가 울프의 어떤 면을(나는 그것이 울프의 정신적·신체적 병과 밀접한 연관이 있는 울프의 나약한 면이라고 생각한다) 수전은 못 견뎠다. 울프의 편지 모음집 첫 번째 권이 새로 출간되었는데 수전은 도저히 못 읽겠다고 말했다. 울프가 사랑하는 연상의 친구 바이얼릿 디킨슨에게 보낸 다정한 편지에 무의미한 애정 표현이 가득한 데다 소녀 같은 수다, 자기를 귀여운 아기 동물에 비유하는 습관 등 때문에 몰입이 안 된다는 것이었다. 수전은 아기 말투를 아주 싫어했고, 자기는 데이비드가 아주 어릴 때도 그런 말투로 말을 건 적이 없다고 늘 자랑했다.

그랬어도 내 생일에는 『파도 The Waves』를 울프의 자필 원고 두 벌을 같이 묶어 펴낸 판본으로 선물해주었다.

수전은 생리 때문에 힘들어하는 여자들을 미심쩍어했다. 본인은 월경을 아무렇지 않은 일로 취급했고 불편을 과장하는 여자들이 많다고 생각했다. 그게 아니면 여자들이 여자의 신체가 연약하고 섬세하다는 낡은 믿음에 빠져 있는 거라고 했다. 사실 수전은 사람들이 신체적·감정적 고통을 과장하거나 과잉 반응한다고 생각할 때가 많았다. 본인이 암에 걸렸고 절제 수술과 항암 치료를 꿋꿋하게 이겨냈으니 그런 태도를 가질 만도 했다.

나를 보고는 이렇게 간단히 진단을 내렸다. "너는 신경쇠약이야." 데이비드의 이전 여자친구가 월경통이 매우 심했는데 수전은 그걸 보고 걱정했다. "데이비드가 여자들이 전부 저렇다고 생각하면 안 되는데."

한번은 집에서 나서기 전에 내가 탐폰 몇 개를 챙겨 백에 넣는 것을 보고 수전이 짜증을 냈다. 백을 들고 다니는 것도 거슬리는데, 이것까지? "한두 시간 나갔다 올 건데 탐폰이 그렇게 많이 필요해?" (수전은 사람들이 속옷을 왜 그렇게 많이 갖고 있는지도 이해 못 했다. 수전은 이렇게 하라고 했다. 한두 장 정도만 사고, 낮에 입은 것을 매일 밤 잠자리에 들기 전에 빨라고.)

내가 데이비드의 무릎 위에 올라가 있는 걸 보고 수전은 무슨 수작인지 알겠다는 냉랭한 표정을 지으며 비웃듯 혀짤배기소리를 냈다. "쪼끄만 여자와 덩치 큰 애인이라는 거지."

수전은 페미니스트였지만 다른 페미니스트들을 비판하기도 잘했고 페미니즘의 수사가 순진하고 감상적이고 반지성적이라고 지적했다. 그리고 여성이 예술 분야에서 목소리를 낼 수가 없다, 정전에 작품을 올리지 못

한다는 등의 불평을 들으면 사정없이 쏘아붙이곤 했다. 정전은 (혹은 예술이나 천재성이나 재능이나 문학은) 기회균등 고용을 하지 않는다고.

수전은 페미니스트였지만 여자들을 성에 안 차 했다. 수전이 정기적으로 만나는 친구가 있는데, 아주 똑똑한 남자라 그 사람 말을 듣기를 좋아했다. 유부남이었지만 단둘이 만날 때가 많았다. 가끔 그 사람이 아내를 대동할 때가 있는데 그럴 때면 늘 만남이 실망스러웠다고 했다. 아내가 옆에 있으면 이 똑똑하고 지적인 사람이 하는 말이 어째서인지 따분해진다고 수전은 불평했다.

수전은 아주 똑똑한 여자와 대화할 때조차도 똑똑한 남자와 같이 있을 때만큼 재미있지 않다는 사실에 답답해하기도 했다.

∫

          그해 가을, 내가 340번지로 막 이사 왔고 수전이 암 진단을 받은 지 1년 정도 지났을 때, 수전이 다시 병원에 입원했다. 정기 검진에서 무언가가 발견됐는데 의사가 우려스럽다고 했다. 더 확실히 들여다보려면 수술을 해야 한다고 했다. 결국 별 것 아닌 것으로 밝혀지긴 했지만, 이 일 때문에 수전과 주변 사람들 모두 한바탕 난리를 겪었다.

  수전이 여러 해 동안 사귄 애인이며 파리에 있는 집의 공동 소유자인 니콜 스테판이 뉴욕으로 왔다. 니콜은 수술 며칠 전에 도착해 수전이 퇴원한 뒤에도 일주일 정도 더 머물렀다.

  나는 니콜을 만나게 되어 무척 기뻤다. 장피에르 멜빌의 1950년 영화 「무서운 아이들Les Enfants Terribles」을 엄청나게 좋아하는데 니콜이 이십대 때 이 영화 주연으로 매혹적인 연기를 보여주었다. 니콜은 이 영화로 찬사를 받았지만 그 후 얼마 지나지 않아 연기를 그만두었다. 큰 자동차 사고를 당했기 때문이기도 하고, 수전의 말에 따르면 니콜이 재능은 뛰어나지만 영화 스타가 될 만한 성정을 타고나지 않았기 때문이기도 하단다. 수전은 니콜이 명성을 미련 없이 버렸다는 사실을 대단하게 생각했다. 그리고 2차 대전 동안에 니콜이 아직 어린 나이였는데도 레지스탕스에서 활동했다는 사실은 더욱 대단하게 생각했다.

니콜은 연기는 그만두고 영화 제작을 했다. 수전이 감독한, 1973년 욤키푸르 전쟁° 끝 무렵 이스라엘의 모습을 담은 다큐멘터리 영화 「약속의 땅Promised Lands」도 니콜이 제작했다. 나와 만났을 때 니콜은 프루스트의 『잃어버린 시간을 찾아서』를 영화화하는 복잡미묘한 작업에 매달리고 있었는데 일이 잘 풀리지 않아 그 뒤로도 몇 년 동안 고생만 했다.

니콜은 나이가 수전보다 열 살이 더 많아 마치 어머니처럼 애정을 쏟았다. 수전을 돌보는 게 자기 책임이라고 생각했고 주로 잘 먹이는 일에 집중했다. 뉴욕에 올 때마다 대부분 시간을 식재료를 사고(자바스 식료품점과 건너편 어퍼이스트사이드에 있는 로벨 정육점을 좋아했다) 맛있는 음식을 만들면서 보냈다. 다만 이런 일

° 1973년 아랍-이스라엘 전쟁이라고도 하며 이집트와 시리아가 주축이 된 아랍 연합군과 이스라엘이 치른 전쟁이다.

을 조용하게 하지는 못하는 듯했다. 니콜이 부엌에서 일할 때는 프랑스어로 중얼거리거나 욕설하는 소리, 물건을 집어 던지는 소리가 종종 들렸다. 당시 어퍼웨스트사이드 구역의 주방은 여러 결함이 있었지만 특히 바퀴벌레가 창궐하는 문제가 있었다. 이때 니콜이 방문한 동안에는 그녀를 화나게 하는 일이 끝도 없이 일어나는 것 같았다. 니콜은 최소 하루에 한 번은 울음을 터뜨리거나 벌컥 화를 냈고 혹은 두 가지를 동시에 했다.

워낙 뛰어난 배우여서인지, 나는 니콜이 나를 만나 매우 기쁘고 내가 가족의 일원이 된 것을 참으로 반긴다고 느꼈다. 사실은 전혀 아니었지만. 니콜은 데이비드와 사이에 앙금이 있었고, 모자지간에 충돌이 있을 때 늘 수전 편을 들었다. 그런 데이비드가 달걀 하나 삶을 줄 모르는 여자친구를 사귄다는 것에 니콜은 (전혀 놀라지는 않았지만) 진절머리를 냈다. 니콜은 누군가가 무심코 한 말을 잘못 알아듣고는(영어를 아주 잘 하지는 않았다) 내가 기형아를 낳을 위험이 있는 극히 위험한 피임약을 먹는다고 믿었는데 아무리 아니라고 해도 소용이 없었다(사실 나는 그때 피임약을 먹지도 않았다). 다시 말해 나는 할 줄 아는 게 아무것도 없는 데다가 경솔하기까지 한 사람이었다. 또 내가 공공장소에서 데이비드에게 매달리는 모습도 못마땅하게 봤다. 거리의 여자 같다고, 내가 데이비드를 나태한 사람으로 만든다고 했다.

이런 나에 대한 비판(이게 전부가 아니었다)을 니콜은 가까운 사람들에게 말했고 그 사람들은 그 말을 나에게 전해주었다. 아마 니콜도 내 귀에 들어가리라는 걸 알았을 것이다. 그런데도 내 앞에서는 여전히 나에게 반한 것처럼 굴었다.

가끔은 검은색 마커펜을 가지고 냉장고 안에 있는 음식들에 '수전 것!'이라고 적어놓기도 했다.

수전과 떨어져 있을 때 니콜은 늘 수전 걱정을 했고 특히 수전이 잘 챙겨 먹는지 걱정했다(수전이 아프기 전에도 니콜은 파리에서 뉴욕 식품점에 전화를 걸어 수전 집에 식료품을 배달시키곤 했다). 데이비드나 나 같은 아무짝에도 쓸모없는 이기적인 인간들 손에 수전을 맡겨놓고 어떻게 안심할 수 있었겠나?

니콜이 돌아가자 우리는 외식하거나 테이크아웃해와서 먹는 습관으로 곧바로 돌아갔다. 니콜이나 다른 손님이 요리를 했을 때 말고는 340번지에서 제대로 된 요리를 한 기억이 없다. 명절에도 손님 초대 같은 것은 없었다. 손님이 오면 보통 카페 부스텔로 커피 한 잔을 권하거나(술은 절대 내놓지 않았다) 냉동식품이나 캔 수프를 같이 먹자고 했다. 데이비드는 정크 푸드 중독이었고 종일 감자칩만 먹고도 버틸 수 있었다. 수전은 가공육에 든 질산염이 발암 물질이라 염려하게 되기 전에는 베이컨 한 팩을 한 끼 식사로 삼기도 했다. 어쩌다 한번은 우리 셋 중 한 사람이 양갈비나 닭날개를 팬에 넣고 마구잡이 요리를 하기도 했다. 한 번은 내가 슈퍼마켓에서 돼지고기를 사 왔더니 수전이 쿠바 스타일로 요리하는 법을 보여주었다. 수전의 전애인인 쿠바 출신 극작가 마리아 이레네 포르네스가 하듯이 고기에 칼집을 내어 마늘편을 끼워 넣고 굽는 방법이었다.

내가 같이 살기 시작하고 얼마 안 된 어느 날 우리 세 사람이 엄청나게 배가 고프고 게으른 상태로 늘어져서 뭘 먹을까 고민하고 있었다. 내가 참치 통조림과 식빵을 사 올 테니 샌드위치를 만들어 감자칩과 같이 먹자고 했다. 수전과 데이비드가 서로 눈을 맞췄다. "참 이방인 (goy) 같지?"˚ 수전이 말했다. 나는 결국 109번가와 브로드웨이 교차로에 있는 쿠바식 중국 식당에서 테이크아

˚ 'goy'라는 말은 유대인들이 비유대인을 부를 때 쓰는 말이다.

웃 음식을 사 왔다.

수전은 니콜이 내내 저기압이었던 게 내 탓이 아니라고 계속 얘기했다. 사실 두 사람 사이에는 늘 다툼이 끝이 없었는데 이제 둘 사이가 천천히 좋지 않게 끝나가고 있었다. 수전이 파리에 있던 여름 내내 싸웠다고 했다. 두 사람은 친구로 남았지만(니콜은 수전이 죽은 뒤 3년이 채 되기 전인 2007년 여든세 살을 일기로 사망했다) 연인 관계는 끝나가고 있었다.

니콜이 다녀가고 얼마 지나지 않아 수전이 니콜 전에 사귀었던 카를로타라는 이탈리아 여인이 로마에서 건너왔다. 카를로타와 나는 문제없이 잘 지냈다. 카를로타는 니콜보다 훨씬 편한 성격이었지만, 우울에 빠져 거의 긴장증에 가까운 상태를 일으킬 때가 있어서 수전은 거리를 두려 했다.

사실 수전도, 위태한 상태에서 막 벗어났음에도 우울했다. 니콜과 카를로타 두 사람 다 수전이 힘들어할 때 곁에 있어주려고 그렇게 멀리에서 왔다니 참 대단한 일이었다. 그런데 한편으로 한때 로맨스와 열정이 가득했으나 이제 끝나버리고 만 관계를 생각하면 우울하기도 했을 것이다. 수전은 혼자였으나 혼자이고 싶지 않았다.

사랑을 하고 싶었다(수전은 사랑을 믿었고 사랑에 빠지면 아주 푹 빠졌다. 수전의 감정에는 무서운 면이 있었다). 수전은 결혼하고 싶었다. 지금까지 맺은 관계가 전부, 아무리 절절하게 진정으로 사랑했더라도 지속되지는 못했다는 사실이 평생 수전을 고통스럽게 했다. 조지프 브로드스키와의 만남은 오래 가지 못했고 그것도 조지프가 좋지 못하게 끝냈다. 솔직히 조지프가 치사했다("못되고 똑똑한 남자와 어리석은 여자들. 이게 내 운명인 것 같아." 수전은 농담처럼 말했다). 수전은 필립 리프와의 결혼 생활에 원망이 많았지만 시간이 흐르면서 친밀했던 관계가 그리워진 듯 회상하기도 했다. 필립이 잠시도 떨어져 있기 싫다고 화장실까지 따라오던 것. "잠깐 대화를 멈추고 내가 오줌 눌 시간도 안 주려고 했어." 두 사람 사이에는 화제가 떨어질 때가 없었다. 수전은 이런 친밀한 관계를 갈구했고 다시 그런 사람을 못 만날까봐 걱정했다. 수전은 일은 하고 있었지만(1973년에 시작한 사진에 관한 에세이 모음집에 들어갈 글 중 마지막 두 개를 쓰고 있었다) 재미있게 살지는 못했다.

∫

                젊을 때 수전 손택을 읽고 작가가 되고 싶어졌다고 말하는 사람을 나는 놀라울 정도로 많이 봤다. 나도 그랬다고 할 수는 없지만 그래도 내가 생각하고 쓰는 데 수전이 미친 영향은 막대하다. 내가 수전을 알게 되었을 때 나는 이미 대학원을 마친 상태였지만, 학교 다닐 때 학업에 큰 관심이 없었고 모르는 것도 아주 많았다. 수전은 뉴욕에서 성장하지 않았는데도 내내 뉴욕에서 살았던 나보다 훨씬 뉴요커 같았다. 뉴욕의 문화적 삶의 세계를 수전보다 더 잘 안내해줄 사람은 세상에 없을 것이다. 내가 수전을 만난 일을 내 삶에서 가장 큰 행운으로 생각하는 것도 당연하다. 물론 시간이 흐르면서 나 스스로 존 버거, 발터 베냐민, 에밀 시오랑, 시몬 베유 같은 작가들을 발견했을 수도 있다. 하지만 내가 수전을 통해 이 작가들을 알게 된 것은 사실이다. 내가 이 책도 저 책도 안 읽었다는 사실에 수전이 어이없어했던 것 같긴 하지만, 수전은 절대 내가 그 사실을 부끄럽게 느끼게 만들지는 않았다. 무엇보다도 수전은 책이 거의 없고 지적인 분위기나 영향이 전혀 없는 환경에서 자라는 게 어떤 것인지 이해했다. 수전은 이렇게 말했다. "너나 나는 데이비드가 태어날 때부터 당연히 여긴 것을 누리지 못했지."

수전을 추모하는 글에서 나는 수전이 오만한 사람이 아니라고 했는데, 그 글이 발표되고 격렬한 반응이 있었다. 수전 손택이 얼마나 오만했는데! 내 말은 수전은 어떤 사람의 출신이 아무리 별 볼 일 없고 빈한하다고 하더라도 단지 그 이유만으로 그 사람이 가치가 없다고 생각하지 않았다는 뜻이었다. 수전은 계급에 기반해서 다른 사람을 멸시하지 않았다. 자기 집 청소를 해주던 많이 못 배운 젊은 여성이 "아름답고 귀족적인 태도를 타고났다"는 사실에 주목하던 사람이었다. 그렇다고 해서 개인의 성공이 연줄과는 무관하다거나 좋은 집에 태어나면 30년은 절약할 수 있다는 파스칼의 말이 무슨 뜻인지 모르는 척하는 일도 없었다(실은 연줄이 아주 결정적 영향을 미친다고 생각했다. 자기에게 장학금 추천서를 부탁한 어떤 사람을 두고 이렇게 말했다. "절대 못 받을 거야. 실력이 없어서가 아니라 알아야 할 사람을 모르거든.").

수전은 사실 금수저들(수전의 추종자들 가운데 이런

사람들이 꽤 많았다)의 방식을 늘 신기해하고 경탄했다. 어느 날 디너파티에 갔다 와서 이런 이야기를 했다. 손님 중에 이름난 가문의 여자가 있었는데 다 같이 커피를 마시는 도중 잠이 들더니 머리를 뒤로 젖히고 입을 벌리고 코를 골더란다. 수전은 감탄스럽다는 말투로 이렇게 말했다. "그게 바로 계급에서 오는 자신감이지." 수전의 탄복을 자아낸 또 다른 일화가 있는데, 극단의 젊은 후원자가 시사회 공연이 끝나고 한잔하자고 수전을 포함해 여러 사람을 레스토랑에 불러모았을 때였다. 지배인이 음료만 마실 거면 테이블 자리에 앉을 수 없다고 하자 젊은이는 이렇게 말했다. "괜찮아요. 음료만 갖다 주고 식사 비용을 청구해요." 물론 자기한테 청구하라는 말이었다. 한 번은 공항에서 근처에 앉은 남자의 피부가 하도 곱길래 속으로 내기를 했다고 한다. 예상했던 대로 탑승 시각이 되자 남자는 퍼스트 클래스 좌석으로 갔다.

　수전이 이런 말을 자주 하긴 했으나 그렇다고 상류층을 추수하는 오만한 사람은 아니었다. 누가 '좋은' 집안 출신인지 '나쁜' 집안 출신인지에 아무 관심이 없었다. 그럴듯하지만 무의미한 구분이라는 생각이었다. 중요한 것은 출신이 아니라 얼마나 똑똑하냐였다. 왜냐하면 말할 것도 없이 수전은 엘리트주의자였기 때문이다. 사실 괜찮은 취향과 지적 호기심이 있으면 똑똑할 필요조차 없었다. 수전은 서점 직원이 자기 이름을 몰랐을 때는 꽤 분개했지만 뉴욕 시티 발레단 댄서가 수전을 소개받고 "무슨 일 하세요?"(어떤 수전이라고?)라고 물었을 때는 아무렇지도 않게 받아들였다.

내 지식이 부족한 것에 수전이 크게 놀라지는 않았다. 워낙 미국 교육과 미국 문화를 낮게 평가했기 때문이다. 나에게 340번지에서 1년을 보내면 미국 대학에서 6년 동안 배운 것보다 더 많이 배울 거라고 했다. 수전은 타고난 멘토였다. 수전의 '제자'라고 불릴 만한 사람은 (데이비드를 빼면) 없지만 수전과 같이 살거나 같이 시간을 보내다보면 가르침을 받지 않을 수가 없었다. 수전을 단 한 번 만난 사람도 읽을 책 목록을 받아 돌아가곤 했다. 수전은 천성적으로 교육적이고 교훈적이었다. 영향이자 본보기이자 귀감이 되고 싶어했다. 다른 사람의 정신을 고양시키고 취향을 가다듬으려 했고 모르는 것을 알려주고 싶어했다(때로 사람들이 알고 싶어하지 않는 것도 수전은 반드시 알아야 한다고 우겼다). 다른 사람을 가르치는 것이 수전에게는 의무이기도 했지만 즐거운 일이기도 했다. 수전은 토머스 베른하르트의 소설에 나오는 '소유욕 강한 사상가'와 정반대였다. 이 희극적 인물은 '예술적 이기주의자'라 자기가 사랑하는 책이나 미술이나 음악은 모두 오직 자신을 위해 만들어졌다는 환상에 빠져 존경하는 천재의 작품을 자기 아닌 다른 사람이 즐기거나 감상하는 것을 참을 수가 없다. 반면 수전은 자기 열정을 모두에게 나눠주고 싶었다. 누군가가 수전이 사랑하는 작품에 수전 못지않은 열정으로 반응할 때 수전은 어느 때보다도 큰 기쁨을 느꼈다.

수전이 쏟는 열정이 나로서는 잘 이해가 안 갈 때도 있었다. 영화관에서 수전과 커다란 초콜릿 바를 나눠 먹으며 앉아 있으면서도 나는 캐서린 헵번이 나오는 옛날 영화를 동시 상영으로, 그것도 두 편 다 스무 번 이상 봤다면서 왜 또 보고 싶어하는지 알 수가 없었다. 물론 수전은 영화관에 가는 것에 '폭 빠져' 있었다(이것도 수전이 좋아하는 말이었다). 아마 텔레비전을 절대 안 보는 사람만 그럴 수 있을 것이다(사람은 누구나 이 크기 아니면 저 크기의 화면에 중독되니까). 우리는 뻔질나게 영화관에 갔다. 오즈 야스지로, 구로사와 아키라, 장 뤽

고다르, 로베르 브레송, 알랭 레네. 지금도 이 감독들 이름을 떠올리면 늘 수전이 같이 떠오른다. 영화를 스크린 가까운 자리에 앉아서 보면 훨씬 재미있다는 것도 수전 덕에 알게 되었다. 나는 지금도 영화관에 가면 항상 가장 앞 좌석에 앉고 텔레비전으로는 영화를 안 본다. 비디오테이프나 DVD를 빌린 적은 한 번도 없다.

살아 있는 미국 작가들 중에서 수전이 존경한 사람으로 하드윅에 더해 도널드 바셀미, 윌리엄 개스, 레너드 마이클스, 존 디디온, 그레이스 페일리 등이 있었다. 하지만 수전은 현대 미국 소설을(수전은 현대 미국 소설 대부분은 구식 교외 사실주의 아니면 "블루밍데일 니힐리즘"이라는 두 가지 피상적 카테고리에 들어간다며 한탄했다) 대부분의 현대 미국 영화나 마찬가지로 낮게 평가했다. 수전은 최후의 1등급 미국 소설은 포크너가 쓴 『8월의 빛』이라고 생각했다(포크너는 수전이 존경하긴 하지만 좋아하지는 않는 작가였다). 물론 필립 로스와 존 업다이크도 좋은 작가이지만 수전의 열정을 불러일으키는 글을 쓰는 작가는 아니었다. 수전은 레이먼드 카버가 미국 소설에 미친 영향이 달갑지 않다고 했다. 미니멀리즘이 싫은 것은 아닌데, 단지 "말하는 방식하고 똑같은 방식으로 글을 쓰는" 작가에 열광하게 되지는 않는다고 했다.

대신 수전은 몇몇 유럽 작가들의 작품에 열광했다. 예를 들면 이탈로 칼비노, 보후밀 흐라발, 페터 한트케, 스타니스와프 렘 등. 이들과 호르헤 루이스 보르헤스와 훌리오 코르타사르 같은 라틴아메리카 작가가 야심이 부족한 미국 작가들보다 훨씬 대담하고 독창적인 작품을 만들어낸다고 했다. 수전은 현대 미국 사실주의가 진부하다며 형식이 극히 창의적이거나 장르를 넘나드는 과학 소설과 대조해 설명하기를 좋아했다. 작가는 이런 문학을 추구해야 한다고 믿었고 자신도 그러려고 했고 이런 작품만이 앞으로 의미 있으리라고 생각했다.

수전이 나에게 추천한 책 중에서 읽고 후회한 책은 단한 권도 없었다. 우리가 마지막으로 만났을 즈음에는 W. G. 제발트의 『이민자들』을 입에 침이 마르게 칭찬했다. 이 책은 내가 가장 좋아하는 책 가운데 하나가 되었고 나에게 큰 영향을 미쳤다. 제발트라는 이름을 처음 들은 것도 수전한테서였다.

수전이 나에게 읽으라고 한 책은 무엇이라도 읽었을

것이다. 그러나 글쓰기에 대해서는 조금 생각이 달랐다.

수전이 계속 특유의 방식으로 졸라댔음에도("궁금해서 죽을 것 같아!") 몇 주가 지난 다음에야 나는 수전에게 내 글을 보여줄 용기를 냈다. 마침내 내가 수전에게 보여준 글은 제대로 된 단편이라기보다 플래너리 오코너가(이 사람도 수전이 사랑하지 않은 미국 주요 작가 중 한 명이다) 봤다면 초보 소설가들이 "살이 안 붙은 착상이나 감정에만 매달린다"라고 비판했을 법한 원고였다. 수전도 바로 문제를 봤다. "아곤(agon, 갈등)이 필요해." 수전이 말했다. 당연하지만 나는 '아곤'이 뭔지 수전에게 물어야 했다.

가끔 수전은 나에게 너무 명백하게 전달하려 하지 말라고 조언했다. 더 생략적으로 쓰고 글이 더 빠른 속도로 나아가게 곁가지를 쳐내라고 했다("모더니즘으로부터 배운 게 딱 한 가지 있다면 그건 속도가 가장 중요하다는 것이지."). '밤이 후끈했다'고 묘사하는 건 어떤 사람이 '기품 있는 회색 머리카락'을 가졌다고 묘사하는 것만큼 나쁘다고 했다.

그밖에는 수전이 내 글에 대해 한 말 가운데 도움이 되었던 게 기억이 안 난다. 문제는 나에게 있었다. 그때 나는 내가 나중에 가르치게 된 학생들하고 비슷한 상황이었다. 젊은 작가들에게 필요한 것은 미안하지만 비판이 아니라 칭찬이다. 물론 수전은 칭찬도 했다. 솔직히 말하면 매우 관대했다고 해야 할 것이다(처음 내 글을 읽고는 "안심했어"라고 말했다. 진심으로 한 말이라는 게 느껴졌다. 수전은 글쓰기 프로그램에서 학생들을 가르쳐본 적이 있었기에, 석사 학위가 있다고 해서 제대로 문장을 쓸 수 있는 건 아님을 알았다). 하지만 나는 수전의 소설을 별로 좋아하지 않았기 때문에(수전의 언어나 문체에서 탄복할 만한 부분을 거의 발견하지 못했다) 수전이 글쓰기에 대해 하는 말을 믿지 않았다.

"한 문단에서 같은 단어를 두 번 쓰지 않으려고 애쓴다는 작가들이 있지. 나는 같은 페이지 안에서 같은 단어를 두 번 쓰는 것도 싫어." 약간 과장된 말이었다. 자주 인용되는 "쉼표 하나하나에도 신경을 쓴다"라는 수전의 말과 마찬가지로. 하지만 나는 글쓰기에 더 자신이 있다면 그렇게 까다롭고 엄격하게 굴 필요가 없으리라는 생각이 들었다. 자신 있는 작가라면 수전처럼 동의어 사전을 늘 붙들고 있지도 않을 것이다. 수전은 원고를 다듬는 길고 긴 시간 동안 옆에 앉아 같이 작업을 해주는 사람에게 크게 의존했다. 누군가 며칠 동안 아파트에 들어와 살면서 수전의 방에서 같이 작업했고 수전은 그 사람과 아이디어 하나하나, 문장 하나하나, 쉼표 하나하나를 논했다. 수전 말고 이런 식으로 작업하는 다른 작가는 본 적이 없지만, 수전에게는 이 방식이 아주 잘 맞았다. 수전은 혼자 일할 때보다 다른 사람과 협업할 때 훨씬 행복하다고 말하곤 했다. 수전은 무엇이든 혼자 하기를 싫어했다. 작가의 삶에서 고독은 피할 수 없는 것이라고들 하지만 수전은 최선을 다해 그것을 피하려 했다. 또 내가 아는 대부분의 작가들과 다르게 글을 쓰는 도중에 사람들에게 보이기를 좋아했다. 데이비드나 나나 그 밖의 여러 사람에게 초고를 자주 보여주었다. 한 번은 수전과 같이 외출하려고 수전 집에 갔는데(데이비드와 내가 헤어진 이후였다) 내가 오자마자 『에이즈와 그 은유』원고를 안겨주면서 초고 백 페이지를 그 자리에서 다 읽으라고 했다. 저녁 식사는 좀 늦게 해도 된다고.

내 원고를 보고는 '서둘렀다(hurried)'라는 단어에 동그라미를 쳤다. "생각해 봐. 사람들이 정말 서두른다고 할 수 있나? 그냥 그렇게 말하는 것뿐 아냐? 실제로는 재촉하는(hasten) 것에 가깝지 않아? 나라면 '재촉했다'로 바꾸겠어."

나는 이 조언을 받아들이지 않았다.

사실 그것뿐 아니라 수전의 조언을 대부분 거부했고 그래서 수전은 상처를 받았다. 내가 오만하고 무례하다고 생각했을 것이다(지금은 나도 내가 오만하고 무례했다고 생각한다. 어리석기도 했고). 수전은 그 일을 잊지 않았다. 나중에 나한테 원고를 보여달라고 하고는 내가 원고를 주면 무시했다. 그래서 나도 수전이 계속 보여달라고 해도 더 보여주지 않았고, 어느 정도 시간이 지나자 수전도 보여달라는 말을 더 안 했다. 마지막으로 원고를 보여주었을 때는(내 첫 책의 첫 장 초고였다) 몇 달이 지났는데도 수전에게서 한마디도 들을 수가 없었다. 같이 식사를 하게 되었을 때 마침내 내가 읽어봤냐고 물었다. "당연히 읽었지." 수전은 내가 자기한테 못할 말을 하기라도 한 것처럼 발끈했다. "받자마자 읽었어." 하지만 그게 끝이었고 더 한마디도 없었다.

내가 문예 잡지에 단편을 투고하기 시작했을 때 수전은 기고를 거절당하는 게 내 잘못이라는 듯 말했다. "너 정말 글을 싣고 싶은 모양이구나." 정말 기운 빠지게 하는 말투였다. 한번은 사람들 앞에서 이렇게 말하기도 했다. "다른 사람들도 다 허섭스레기를 발표하는데. 너라고 못할 이유가 있니?"

많은 세월이 흐른 뒤, 내가 낭독을 하는 자리에 수전이 와 있다는 말을 듣고 가슴이 덜컹했다. 수전이 내 낭독을 들으러 온 건 아니고(우리는 스치듯 만난 것을 제외하면 거의 10년 동안 만나지 않고 지냈다) 그날 프로그램에 수전의 친구 엘리자베스 하드윅과 대릴 핑크니도 있었기 때문에 왔다. 낭독회가 끝나고 리셉션 자리에서 수전은 나에게 무표정하게 딱 이 말만 했다. "아주 잘 읽었어."

낭독회가 있고 얼마 안 지났을 때, 내가 초빙 교수로 있던 스미스 칼리지 연구실로 전화가 왔다. 수전이었다. 너무나 뜻밖이었다. 내가 미국 예술 문인 학회에서 주는 로마 프라이즈 연구 기금을 받았다는 소식을 지금 막 들은 듯했다. "엄청나게 기분 좋겠구나." 수전이 말했다. 사실 그해 가을부터 로마에 있는 미국 학회 레지던시에 입주하게 되어 생각만 해도 옷 솔기가 터질 정도로 잔뜩 부풀어 있을 때였다.

"사실 나도 그 상 제안받았었어." 수전이 말했다(나는 몰랐던 사실이다). "하지만 그때는 받을 수가 없었어.

나중에 다시 주겠다고 할 줄 알았는데 안 그러더라고."
수전의 말투 때문에 어쩐지 불편한 감정이 솟아 억지로
삼켜야 했다. 뭐라고 대구해야 하나 생각하는데 수전이
최근에 출간한 네 번째 소설 『인 아메리카In America』를
읽었냐고 물었다. 그때는 읽지 않았었다. 두 군데 문예
지에 실린 발췌문은 읽었지만. 그냥 "아직요."라고 대답
했다. 뭔가 더 말하려고 했는데 수전이 말을 잘랐다. "잡
담하려고 전화한 거 아냐. 그냥 축하하려고 전화했어."
그리고 수전은 서둘러, 혹은 '재촉해서' 전화를 끊었다.

　수전은 타고난 멘토였으나… 가르치기를 싫어했다.
될 수 있으면 가르치지 말라고 말했다. 아예 안 할 수 있
으면 그게 최선이라고 했다. "내 세대 최고의 작가들이
선생질하다가 망가지는 걸 봤지." 수전은 작가의 삶과
학계의 삶은 충돌할 수밖에 없다고 했다. 자기는 스스로
학계에서 물러난 사람이라고 했다. 자신이 자수성가했
다고 말하기도 좋아했다. 나는 멘토가 없었어라고 말했
다. 열일곱 살 때 결혼해 7년 같이 산 대학 교수에게서
뭐라도 배웠을 것 같지만. 수전에게는 다른 스승도 있었
다. 리오 스트로스와 케네스 버크 등 자기가 사사한 교

수를 탁월한 교육자로 기억하며 늘 지극히 칭찬했다. 그러나 이런 사람들에게 자극을 많이 받았어도 수전 자신이 훌륭한 선생이 되고자 하지는 않았다.

그런 작가들이 많은데, 수전도 교직을 실패로 간주했다(내가 컬럼비아 대학에 다닐 때 리처드 예이츠 수업을 들은 적이 있는데 예이츠는 날마다 어깨가 축 늘어진 모습으로 나타났고 하루는 이렇게 투덜거렸다. "노먼 메일러는 학생을 가르칠 필요가 없었지."). 게다가 수전은 누구에게 고용되기를 싫어했다. 가르치는 일에서 가장 못마땅한 점은 직장이 생긴다는 점이고 수전에게는 취직을 한다는 것 자체가 굴욕이었다. 다만 수전은 책을 사서 보지 않고 도서관에서 빌려보는 것도 굴욕이라고 생각했다. 택시 말고 대중교통 수단을 이용하는 것도 커다란 굴욕이었다. "뉴욕으로 이사 왔을 때(1959년 수전이 스물여섯 살일 때였다), 나 스스로에게 약속했어. 내가 아무리 돈이 없어도 그건 안 하겠다고." 대중교통을 이용하는 게 굴복하는 일이라는 듯한 말투였다. 여왕병이라고 하려나? 수전은 자존감이 있는 사람이라면 누구나 자기처럼 생각할 거고 이해할 거라고 믿는 듯했다.

같이 어딘가에 갈 때면 수전은 길에 나서자마자 인도 가장자리로 가서 팔을 치켜들었다. 당시에 수전은 추운 날에는 보통 진녹색 방수 코트를 입었다(내가 기억하기로 니콜도 같은 코트를 갖고 있었다). 한 쪽 팔 겨드랑이 솔기가 뜯어졌는데 굳이 수선을 안 하고 그냥 입었다. 그 구멍이 유일하게 드러날 때가 수전이 택시를 잡을 때였다.

이상하게도 수전은 누군가를 가르친 경험에 대해서는 전혀 이야기를 안 했다. 반면 자기가 학생일 때의 이야기는 무척 많이 했다. 사실 학창 시절을 수전만큼 장밋빛으로 이야기하는 사람은 본 적이 없다. 그 시절 이야기만 해도 수전의 얼굴이 환해지는 것으로 보아 살면서 가장 행복했던 시기였던 것 같았다. 수전은 시카고 대학에서 학사 학위를 받았는데 이곳에서 힘들기로 유명한 '허친스 위대한 저서 프로그램'을 이수한 덕에 자기가 이런 정신을 갖게 되었다고 말했다. 그곳에서 글쓰는 법도 배웠지만 무엇보다도 자세히 읽고 비판적으로 사고하는 법을 배웠다. 그때 수업 시간에 만든 노트를 여전히 소중히 간직하고 있었다. 수전은 노트, 펜, 연필, 타자 용지, 손으로 원고를 쓸 때 필요한 리걸 패드 등 문구를 사는 것도 늘 즐거워했다.

지금 생각하면 수전이 가르치는 일을 질색했던 까닭이 학생이 되고자 하는 열정이 워낙 강했기 때문일 수도 있겠다는 생각이 든다. 수전은 평생 학생다운 습관과 분위기를 유지했다. 언제나, 육체적으로는 아닐지라도, 젊은 사람이었다. 주변 사람들도 수전을 어린아이에 비교할 때가 많았다(혼자 있지 못하는 것, 한없이 경이를 느끼는 능력, 강한 영웅 숭배 성향, 자기가 존경하는 사람을 우상화하려는 충동, 40대에 암에 걸렸을 당시에 건강 보험이 비싸지도 않았는데 건강 보험이 없었던 것도). 데이비드와 나는 수전이 우리의 '앙팡 테리블(무서운 아이)'이라고 농담을 했다(언젠가는 수전이 글을 마무리하느라 힘들어할 때 우리가 도움을 안 준다고 화를 내며 이렇게 말했다. "나를 위해서 못하겠다면 서양 문화를 위해서라도 할 수 있잖아."). 나에게 가장 강하게 남은 수전의 이미지도 미친 듯 몰입하는 학생 같은 모습이었다. 의욕과 경쟁심에 불타 책과 종이에 둘러싸인 채로 밤을 새며 쉴새 없이 일하고 끝없이 담배를 피우고 책을 읽고 메모를 하고 타자기를 두들기는 모습. A플

러스 에세이를 반드시 써내고 말겠다는. 반에서 일등을 하겠다는.

수전의 아파트도 호사스러운 물건은 전혀 없고 불편하기 그지없어 학생들이 사는 곳하고 비슷했다. 점점 늘어나는 책이 집의 중심을 차지하고 있었는데, 대부분 페이퍼백이고 값싼 미송 합판으로 만든 책장에 꽂혀 있었다. 가구도 거의 없었지만 장식품도 없었고 커튼도 러그도 없었고 부엌 살림은 아주 기본적인 것만 있었다. 부엌 공간 일부는 수년 전부터 작동을 안 한 낡은 냉장고가 차지했다. 텔레비전 수상기 위에는 펜치가 하나 놓여 있었는데, 채널 돌리는 다이얼이 망가져서 그걸로 채널을 돌려야 했다. 이 집에 처음 온 사람은 유명한 중년 작가가 대학원생처럼 사는 걸 보고 놀라곤 했다.

(그런 것도 세월이 흐르면서 달라졌다. 50대 중반에 수전은 이렇게 말했다. "내가 누구 못지않게, 아니 누구보다 더 열심히 일하는데도 버는 돈은 그 사람들만 못하다는 걸 알게 됐어." 그러고 그 점을 개선했다. 하지만 내가 말하는 시기는 그 이전 시기, 첼시에 멋진 펜트하우스를 사고 거대한 서재를 꾸미고 희귀본과 예술품을 수집하고 명품을 걸치고 별장을 사고 개인 비서, 가

정부, 요리사를 두기 전의 이야기이다. 내가 우리가 처음 만났을 때 수전 나이와 비슷해졌을 때, 수전은 고개를 흔들며 나에게 이렇게 말했다. "대체 어쩌려고 그래. 평생 대학원생처럼 살려고?")

대학에서 거절하기 어려운 제안을 하면 수전은 내적 갈등에 휩싸였다. 돈이 필요할 때여도 대개는 거절했고 그러고 나면 장하다고 스스로를 칭찬했다. 수전은 자기보다 더 잘 살면서도 종신 교수직 앞에서 유혹을 느끼는 작가를 보면 고개를 절레절레 흔들었다. 작가들이 입버릇처럼 학교 일 때문에 글 쓸 시간이 없어 비참하다고 불평하면 화를 냈다. 대체로 수전은 진정으로 원하는 일을 하지 않는 사람을 경멸했다. 수전은 아주 가난한 사람만 아니면 누구나 자기 삶의 길을 스스로 정할 수 있다고 믿었고, 자유보다 안정을 우선시하는 것은 개탄할 만한 일이라고 했다. 비굴한 일이라고.

수전은 적어도 우리 사회에서는 사람들이 생각하는 것보다 더 많은 자유가 있고 스스로 인정하는 것보다 더 많은 선택지가 있다고 생각했다. 수전은 또 다른 사람들이 나를 어떻게 대하느냐도 완전히는 아니더라도 어느 정도는 주도할 수 있는 것이라고 했다. 그리고 늘 나에게 그 주도권을 잡으라고 닦달했다. "다른 사람들이 널 압박하도록 하지 마"라며 나를 압박했다.

이런 말도 했다. "안 믿을지도 모르겠지만 내가 너 나이였을 때는 지금보다 훨씬 너랑 비슷했어. 증명할 수도 있어!" 알고 보니 그날이 마리아 이레네 포르네스가 집에 오기로 한 날이었다. 포르네스와 수전은 1959년부터 1963년까지 연인이었다. 포르네스가 왔고 우리를 인사시킨 다음 수전이 포르네스에게 말했다. "우리가 처음 만났을 때 내가 어땠는지 시그리드한테 말해줘. 어서, 어서!"

"바보였지." 포르네스가 말했다.

수전은 깔깔 웃다가 웃음을 멈추고 나에게 말했다. "내가 하려던 말은 너한테도 희망이 있다는 거야."

∫

"이렇게 하면 정말 재미있지 않겠어? 며칠 동안 다 같이 어디 놀러 가는 거야."

수전은 늘 여행하기를 좋아했고 데이비드도 그랬다. 두 사람은 같이 혹은 따로 나라 안팎에 안 가본 데가 없었다. 여행이 우울을 떨치는 최고의 약이라고 했다.

늦가을이었고 수전이 수술을 받고 몇 주쯤 지났을 때인데, 추위를 싫어하는 수전이 어디 따뜻한 곳에 가자고 했다. 재미가 있고 날씨가 따뜻하고 너무 멀지 않은 곳. "뉴올리언스 안 가봤어?" (우리 사이에서 툭하면 이런 대화가 되풀이됐다. "『피가로의 결혼』 본 적 없어?" "스시 먹은 적 없어?" "뉴욕 필름 페스티벌 간 적 없어?" 매번 내가 없다고 대답하면 수전은 이렇게 말했다. "아, 특별한 경험이 될 거야." 그 말이 늘 맞았다.) 수전과 데이비드는 뉴올리언스에 간 적이 있었다. 그곳에 아는 사람이 있었다. 짧은 여행을 다녀오기에 완벽한 곳이라고 결론을 내렸다.

우리는 뉴올리언스 프렌치 쿼터에 숙소를 잡았다. 하루는 친구가 바이우° 투어에 데려가기도 했다. 엄청나게 잘 먹었고("갯가재 안 먹어봤어?") 만나는 사람마다 마디 그라°에 얽힌 이야기를 들려주었다. 디너파티에서 멋있게 생긴 청년이 테네시 윌리엄스의 「버번 스트리트의 아침」을 암송하고 그 시가 실려 있는 『도시의 겨울에 In the Winter of Cities』라는 시집을 나에게 선물한 일이 기억난다.

그 멋있는 청년의 친구들이 우리를 또 다른 파티에 초대했다. 우리가 돌아가기 전날 밤 (내 기억에는 호텔에서 하는) 화려한 대규모 파티였다. 파티 장소가 어디였는지 무슨 파티였는지는 기억이 안 나는데 엄청나게 화려하게 차려입은 손님이 많았던 것으로 보아 코스튬 파티였던 것도 같다. 파티에 가기 직전에 셋이서 내가 입을 옷을 사러 갔다. 구제 옷가게에서 아주 아름다우나 상태가 위태로운 검은 레이스 드레스를 발견했다. 한쪽 어깨끈이 끊어져 있었다. 하지만 우리 어머니가 늘 말씀하시듯 "젊을 때는 뭘 해도 용서가 되니까."

우리가 파티장에 도착하고 곧 흰색 스리피스 정장에 흰 셔츠, 흰 타이, 흰 모자, 흰 장갑을 낀 덩치 크고 얼굴

° 미국 남부 저지대에 있는 유속이 극도로 느린 강 하구 지대.
° 사순절이 시작되기 전날로 특히 뉴올리언스 등 루이지애나 지역에서 성대한 축제를 벌인다.

이 붉은 남자를 소개받았다.

"미즈 손택!" 그가 호들갑을 떨며 말했다. "영광입니다. 화면하고 똑같이 보이네요! 당신이 나온 영화는 전부 다 봤습니다. 하나도 안 빼고요. 아, 오늘 밤 대 스타가 왕림해주시니 뉴올리언스의 크나큰 영광입니다!"

이러면서 그 사람이 내 손에 입을 맞추길래 나는 얼굴을 붉히며 아니라고 해명을 하려 했다. 하지만 남자의 등 뒤쪽에 있던 수전이 포복절도하며 나한테 장단을 맞춰주라며 마구 신호를 보내고 있었다. 술 취한 유쾌한 남자의 흥을 깨고 싶지 않다고. 수전은 엄청 즐거워했다.

나는 뉴올리언스에 그 뒤로 딱 한 번 가보았다. 그때도 가을이었고 그때도 프렌치 쿼터에서 묵었다. 28년 전에 우리 셋이 왔을 때처럼. 두 번째 갔을 때는 문학 학회 때문이었다. 나는 토론 참석자였다. 주제가 "작가와 거장"이었는데 나는 나의 멘토 가운데 한 사람인 수전에 관해 이야기했다. 그 이듬해에 수전이 세상을 떴다. 2004년이었다. 그로부터 여덟 달 뒤에 수전이 사랑했던 도시에 허리케인이 덮쳤다. 수전이 그 소식을 들었다면 얼마나 아파했을까.

나는 그 드레스를 다시 입지 않았지만 여러 해 동안

간직했다. 그 옷을 입어도 될 만한 나이를 한참 지난 뒤
까지도. 테네시 윌리엄스의 시집은 아직도 가지고 있다.

그는 친구들을 생각했다.

그는 잃어버린 벗을 생각했다,

……

그는 기억하며 울었다.

……

사랑. 사랑. 사랑.

∫

                    수전이 죽은 뒤에 지면에 실린 부고 기사나 추도문을 나는 거의 읽지 않았지만(나는 다른 사람들이 수전에 대해 뭐라고 하는지에 관심이 없었다), 수전이 유머 감각이 없다는 점을 언급한 사람이 꽤 많았으리라고 짐작이 된다. 수전이 살아 있을 때도 그 점이 종종 비난의 대상이 되곤 했다. 예로 크레이그 셀리그먼의 책『손택과 카엘Sontag and Kael』(2004)의 색인을 보면, '손택, 수전' 항목 아래 '유머 감각 없음'에는 여덟 군데의 페이지 번호가 적혀 있다(다른 항목과 비교해보자면 예를 들어 '플라톤주의'에는 두 개의 페이지 번호가 적혀 있다). 수전의 이런 면이 비평가로서 또 예술가로서도 결함이라고 생각하는 사람이 많은 것 같다. 데이비드 덴비는『뉴요커』에 기고한 글에서 수전이 영화를 만들 때 "유머 감각 결핍이 문제가 되었다"고 했다. 그랬기 때문에 수전의 열정과 통찰력에도 불구하고 "처참한 결과물"이 나왔다고 했다. 필립 로페이트는 수전에게 유머 감각이 있었는지 몰라도 "지면에서는 거의 드러나지 않았다(『손택에 대한 단상Notes on Sontag』, 2009)"고 했다.

수전 손택의 글을 읽으면서 웃음 지을 일이 많지 않은 것은 사실이다(그럼에도 2001년 출간된『사나운 파자마—뉴요커에 실린 유머 글 모음』에 수전의 글이 들어갔다는 사실은 언급할 필요가 있을 것 같다). 수전이 사람들 앞에 나섰을 때는 유머 감각이 없는 정도에서 그치는 게 아니라 성깔 있는 사람으로 비칠 때가 많았다. 특히 청중과 질의응답 시간에 이해하기 어려울 정도로 화를 잘 냈고(눈빛으로 여기 바보들만 모여 있다고 말하는 듯했다) 쉽게 모욕감을 느꼈다(수전은 늘 같은 것 한 가지가 불만이었다. 미국인들은 유럽인들과 달리 교양이 없고 무지하고 보통 쓰잘데기없는 질문을 한다는 것). 수전에게 그런 면이 있었다고 하더라도 다른 사람들이 그걸 왜 이렇게 집요하게 거론하는지는 이해가 가지 않는다.

　　수전의 진지함에 대한 강박을 못마땅하게 여겨서일 수 있다는 생각이 든다. 일반적으로 어떤 사람이든 자기 자신을 너무 진지하게 받아들이면 우스꽝스럽고 때로 부적절하게 보일 수 있지만 수전은 그럴 수 있다는 것을 결코 인정하지 않았다. 수전은 자신을 매우 진지하게 받아들일 생각이었고 그게 못마땅한 사람은 꺼지라고 했고, 오히려 다른 사람들이 자기를 충분히 진지하게 받아들이지 않는 걸 늘 불만스러워했다. 당시에는 자기가 매우 중요하게 생각하는 사람이(늘 남자인 것 같았다) 자신을 존중하지 않았다며 불평할 때가 종종 있었다. 나는 사람들이 종종 수전에게 터무니없이 무례하게 구는 것을 보고 놀라지 않을 수 없었다. "미스 손택, 왜 이렇게 재미없는 영화를 만드셨습니까?" 「식인종을 위한 이중주Duet for Cannibals」 시사회장에서 젊은 남자가 이렇게 묻자 청중 절반이 공감하는 듯 웃음을 터뜨렸다. "이게 도대체 무슨 이야기인지 스물다섯 단어 이하로 설명해주실 수 있습니까?" 수전이 여자라서 이런 식으로 대해도 된다고 생각하는 걸까?

한 번은 작가 회의에 갔는데 수전이 스피치를 마치고 나자 청중 가운데 한 여자가 앞으로 나오더니 물었다. "장 폴 사트르트 아세요?" 수전이 대답했다. "글쎄요, 만나 본 적은 있는데 잘 안다고 할 수는 없겠네요. 왜요?" 여자는 흥분감을 감출 수 없는 듯 입술을 씰룩거리더니 이렇게 말했다. "당신이 그 사람 애인이라는 말을 들었거든요." 그러더니 도무지 자제가 안 되는지 수전의 팔을 잡고 몸을 기울이면서 말했다. "그거 칭찬이에요."

"그게 대체 무슨 소리예요?" 나는 도저히 납득이 안 됐다. "칭찬이라고? 지금 그 사람 다 늙은 노친네 아녜요?" 사르트르는 매력이 없기로 유명한 데다 그때 일흔두 살이었으니 수전보다 스물여덟 살 연상이었다(그리고 키는 수전보다 거의 1피트 더 작았다).

"그게 무슨 소리냐면," 수전은 덤덤하게 말했다. "똑똑한 여자한테는 더 똑똑한 남자가 있어야 한다는 말이지."

당연하지만 똑똑하고 능력 있고 많은 것을 이룬 사람이라고 해서 자신감이 저절로 따라오지는 않는다. 수전의 단편 중에서 가장 높이 평가받는 「지금 우리가 사는 방식The Way We Live Now」을 막 탈고했을 때 수전을 만난 적이 있다.

"아주 빠르게 썼어. 끝나자마자 잘 됐다는 걸 알았는데 이러기는 처음이야. 알겠지만 보통 어떤 글이든 다 쓰고 나면 쓰레기라는 생각이 가장 먼저 들거든." 수전의 말이다.

이런 자신감 결여가 젠더와 얼마나 관련이 있는지, 쉽게 말하기는 어렵다. 그렇지만 이 자부심 있고 지적 야심이 있는 사람이 여성 해방 이전 시대에 무수한 편견을 맞닥뜨리면서 성장하는 과정에서 짜증 나는 일을 얼마나 많이 겪었을지 짐작은 간다(수전이 등장하자마자 깎아내리기부터 했던 사람들이 많다. 노먼 포드호레츠, 메리 매카시, 윌리엄 버클리, 제임스 디키, 필립 라브, 존 사이먼, 어빙 하우 등등).

수전은 다른 면에서도 불안해했다. 자기가 너무 타협하는 건 아닌가 하는 생각이 들 때, 이를테면 『피플』 매거진 인터뷰에 응하거나 텔레비전이 "서구 문명의 종말"이라고 해놓고 텔레비전에 출연하기로 한 이후에 이렇게 말하곤 했다. "베케트라면 안 할 텐데." 수전이 입이 닳도록 한 말이다. 베케트나 카프카나 시몬 베유처럼 자신이 존경하는 진지함을 가진 사람을 시금석으로 삼았다. 수전은 진지할 뿐 아니라 그들처럼 '순수'하고자 했다.

그런 한편 당연히 책을 팔고 싶었다. 교편을 잡지 않으려 했으니 '책을 팔아야만 했다'라고 해야 할지 모르겠다. 수전은 가르치는 일만 싫어한 게 아니라 어떤 임시직도 맡기 싫어했다. 대학에 초빙작가로 가는 것도 내키지 않았으나 돈을 받고 꾸역꾸역했다. 그러나 모두에게 실망스러운 결과가 되는 일이 허다했다. 수전은 강의 준비를 거의 하지 않았는데 그걸 부끄럽게 생각하지도 않았다. "나는 강의를 미리 만들어놓지 않아." 미리 준

비해놓은 원고를 읊는 것은 자랑할 일이 아니라는 뜻이었다. 수전은 그냥 즉흥적으로 대처했는데 결과가 좋을 때도 있고 아닐 때도 있었다. 강의를 할 때도 대중 행사에서처럼 청중에게 종종 화를 냈다. 당신들이 왜 여기에 와 있는지 모르겠다는 듯한 이상한 태도였다. 돈을 받고 왔으면서도 시간 낭비를 하고 있다고 생각한다는 듯한 인상을 풍겼다. 그 자리에 앉아 있는 사람 대부분이 학생인데도 이런 때면 가르치고자 하는 평소의 열의도 사라진 듯했다. 수전이 세상 전반에 느끼는 강한 불만 탓이었던 것 같기도 하다. 공정하고 지적인 세상이라면 자기처럼 큰 기여를 할 수 있는 사람이 이런 따분한 일을 해야만 하는 일이 없을 텐데. 집에서 막 손에 닿을 듯 가까워진 위대한 소설 작업에 매진해야 할 때 여기서 이러고 있다니. 수전을 초빙한 사람들도 수전만큼 실망하곤 했다. 수전은 오만하고 자기중심적인 사람이라는 평판을 얻었다. 그러나 어쨌든 간에 수전은 계속 초청을 받았고 계속 초청을 승낙했고 나쁜 평판은 점점 더 커졌다.

대부분의 사람은 유머 감각이 없다는 말보다는 차라리 못생겼다는 소리를 듣는 편이 낫다고 할 텐데, 나는 수전도 예외가 아니었을 거라고 생각한다. 일단 수전은 유머가 없는 사람을 싫어했다. 자기를 웃게 만드는 사람을 매우 높이 평가했다. 친구 도널드 바셀미를 좋아하는 중요한 이유가 유머 감각이기도 했다. 아들이 없을 때 허전해하는 것도 그것 때문이었다. 수전이 퉁명스러울 때가 있긴 하지만 정말 신경질적인 사람은 아니었다. 수전 주위에는 친구들, 지인들이 늘 많았다. 물론 수전에게 사람들을 끌어들일 만한 면모가 많긴 하지만, 아무리 똑똑하고 유명하고 영향력 있는 사람이라도 정말 재미없는 사람이라면 그렇게 주변에 사람들이 많을 수는 없지 않나? (내가 틀렸을 수도 있지만, 나는 남자보다 여자가 재미없고 진지하다고 욕을 먹을 가능성이 더 크다고 생각한다. 딱딱한 남자가 딱딱한 여자만큼 재수 없게 여겨지지는 않는다. 또 페미니스트는 정의상 재미없고 지나치게 딱딱한 사람이라는 것도 잊지 말아야 한다. "전구를 가는 데 페미니스트가 몇 명 필요한가"라는 농담을 떠올려 보라.)°

수전은 잘 웃는 사람이었다. 유머에 있어서도 오만하

° 이 질문의 답은 "하나도 안 웃겨"라고 한다. 페미니스트가 정색을 잘한다고 놀리는 농담.

지 않았다. 실패한 유머도 좋게 봐줬다. 누군가가 프로이트가 가장 좋아하는 농담이라는 것을 입에 올렸을 때도 웃었다. "너 목욕했어?(Have you taken a bath?) 아니, 왜? 하나가 부족해?"° 누군가가 번역계에서 유명한 이름으로 어설픈 말장난을 했을 때도 웃어주었고("홍-만약 좋아한다면-키에르케고르"),° 내가 애니메이션 캐릭터 딱따구리(Woody Woodpecker) 흉내를 냈을 때도 웃었다. 뭐든 재미있는 걸 남들과 나누려는 열정이 있는 사람이라 재미있는 이야기를 들으면 그 이야기를 다시 전하고 싶어했다. 하지만 자기한테는 농담이나 이야기를 재미있게 들려주는 재주가 없다고 안타까워했다. 자기가 아는 재미있는 이야기를 데이비드도 알면 데이비드한테 대신 이야기를 하라고 했다. "쟤가 나보다 더 재미있게 하거든." 데이비드의 현란한 익살과 재간에 대해서는 이렇게 말했다. "나한테 물려받은 건 아냐."

"내가 아는 농담은 하나밖에 없어." 수전이 말했다.

° 'take a bath'가 '목욕을 하다'와 '욕조를 가져가다'의 두 가지 뜻이 있는 것을 이용한 말장난. 『농담과 무의식의 관계』에 실려 있다.

° "Hong if you like Kierkegaard." 홍 키에르케고르 도서관은 하워드와 에드나 홍 부부가 키에르케고르 번역을 위해 모은 연구 자료를 기증해 설립된 도서관이다.

"내가 하면 재미가 없어. 유대인 농담이야, 당연하지만."

그러고는 이디시 억양으로 이야기를 시작했다. 신경증이 있는 아이의 어머니가 말한다. "의사 선생님, 어떻게 하쥬? 우리 애가 크레플락°을 볼 때마다 비명을 지르는데유." 수전이 아이 흉내를 내며 두 손으로 머리를 붙들고 공포에 질린 듯 비명을 지르는 부분이 백미였다. 지금까지 내가 본 가장 재미있는 광경이었다.

또 다른 기억이 떠오른다. 수전이 부엌으로 와서 내 옆에 앉더니 이런 말을 했다. "지금 아주 재미있는 전화를 받았어. 메이든폼(여성용 속옷 회사)에서 설문조사를 하고 있다면서 잠깐 시간을 내서 설문에 답해줄 수 있겠냐는 거야. 그래서 알겠다고 했지. 그랬더니 이런 질문을 하는 거야. 지금 브라를 하고 있냐, 어떤 브라냐, 사이즈가 몇이냐…."

"음란 전화네요."

수전은 어리둥절하더니 곧 겸연쩍은 표정을 지었다. "이제 이해가 가네."

마지막 한 마디: 수전의 외모에서 머리카락 말고 가장 인상적인 부분은 크고 아름다운 웃음이었다.

° 치즈와 고기 등의 소를 넣어 만든 만두를 넣은 수프. 유대인 음식.

∫

최근에 하비에르 마리아스가 작가가 할 수 있는 최악의 행동은 자기 자신이나 작품을 지나치게 진지하게 받아들이는 것이라고 한 말을 들었을 때 나는 무슨 뜻인지 이해할 수 있었다. 동의하기도 했다. 내가 젊을 때 그렇게 생각할 수 있었다면 내 삶이 더 행복했을 것 같다. 더 나은 작가가 될 수 있었을지도 모르겠다. 그렇긴 하지만, 그래도 작가라는 소명에 대해 진지하고 최고로 고양된 생각을 지녔던 사람이 나에게 귀감이 되어주었던 것에 감사한다("그걸 반드시 소명으로 생각해야 해. 직업이 아니라.").

버지니아 울프는 문학이 종교이고 자기는 사제인 것처럼 살았다. 수전은 작가가 곧 영웅이라는 토머스 칼라일의 해묵은 과대 표현을 떠올리게 하는 사람이었다. 이보다 더 고귀한 추구, 더 위대한 모험, 더 보람 있는 도전은 있을 수 없었다. 수전도 울프처럼 책을 숭배했고 수전이 생각하는 천국은 영원히 책 속에 빠져 살 수 있는 곳이었다(수전은 문학에 '여성의 문장'이 있다는 울프의 생각에는 틀림없이 반대했을 것이다. 여성의 관점이라는 것도 인정하지 않았다).

수전은 "진지한 작가이자 동시에 왕성한 독자가 될 수는 없다고 주장하는 사람들 말을 듣지 마"라고 했다 (그렇게 말한 작가로 V. S. 나이폴과 노먼 메일러가 떠오른다). 중요한 것은 정신의 삶이고 그 삶을 충만하게 살려면 독서는 반드시 필요했다. 하루에 한 권을 목표로 삼는 게 지나치지 않다고 했다(나는 그 목표를 결코 달성하지 못했지만). 수전 때문에 나는 너무 빠른 속도로 책을 읽게 되었다.

또 수전 때문에 손에 들어오는 책에 전부 내 이름을 써넣었다. 신문과 잡지에서 기사를 오려내 스크랩을 했다. 수전처럼 늘 손에 연필을 들고(절대 펜은 안 된다) 책에 밑줄을 쳤다.

하드윅 교수는 격려를 해줄 때도 있었지만 내가 글쓰기에 너무 헌신하면 성취감보다 불행을 더 많이 느끼리라고 은근히 말할 때도 있었다. 여러 해 동안 만날 때마다 내 연애 생활에 대해 먼저 물어본 다음에 글쓰기는 어떠냐고 물었다. "그 멋진 남자친구 아직도 만나니?" (이미 헤어진 지 오래인데도 나는 안타까워하는 소리를 듣기 싫어서 그냥 그렇다고 대답했다. "또 헤어졌다는 말은 하지 마.") 한 번은 몇 해 만에 만났을 때 내가 아이를 가질까 생각한다고 말했는데, 이어 하드윅이 한 말에 크게 마음이 움직였다. "그 결정은 절대 후회하지 않을 거야." 나는 감동을 받기도 했고 또 그 말에 내포된 무언가 때문에 무척 불안해지기도 했다(결국 아이는 낳지 않았다. 울프가 말년에, 아무리 책을 내고 명성을 얻더라도 아기가 없으면 실패한 삶으로 간주되리라고 한 말을 읽었을 때는 배신당한 기분이었다). 하드윅은 바너드 여대 학생들에게 작가가 되려면 삶에 염증을 느껴야 한다고 말하곤 했다. 어째서인지 남자들에게도 같은 이야기를 하지는 않을 것 같다는 생각이 들었다.

반면 수전과 같이 있을 때는 이 두 가지 소명, 읽기와 쓰기에 몸을 바쳐도 된다고 허락을 받는 기분이었다. 이런 헌신을 정당화하기가 어려울 때가 많다. 하지만 수전은 달랐다. 아무리 좌절하고 위축될지라도, 책을 쓴다는 게 마치 기나긴 형벌처럼 느껴질지라도, 수전은 절대 다른 길을 택하지 않았으리라는 게 명백했다. 수전은 이 삶 말고 다른 어떤 삶도 원하지 않았다.

"작가의 기준은 아무리 높아도 지나치지 않아."

"강박적이라고 걱정할 필요는 전혀 없어. 난 강박적인

사람이 좋아. 강박적인 사람이 위대한 예술을 만들지."

수전은 아웃사이더도 좋아했다. 자신이 아웃사이더라고 생각하기를 좋아했다.

또 미국에서 태어났더라도 유럽인다운 정신을 기를 수 있다고 생각했다.

20쪽짜리 글을 쓰기 위해 책장 한 칸을 다 채울 만큼 많은 책을 읽고, 몇 달을 들여 글을 쓰고 또 고쳐 쓰고, 타자 용지 한 묶음을 다 털어 쓰고야 비로소 완성했다고 하는 것. 진지한 작가에게는 이게 보통이었다. 물론 만족감을 느끼기 위해 그러는 것도 아니다("보통 어떤 글이든 다 쓰고 나면 쓰레기라는 생각이 가장 먼저 들거든."). (독서처럼) 즐거워지려고 하는 일도 아니고, 카타르시스를 느끼기 위해서나 자신을 표현하기 위해서, 혹은 특정한 청중을 만족시키기 위해서 하는 일도 아니다. 문학을 위해서 하는 일이라고 수전은 말했다. 작가가 결과물에 결코 만족하지 못하는 게 전혀 이상한 일이 아니라고 했다(오히려 주기적으로 회의감에 시달리지 않는 작가의 글은 아마도 쓰레기일 것이다).

"내가 쓰는 글이 반드시 필요한가라는 질문을 스스로에게 던져야 해." 이건 이해할 수 없었다. 필요하다고?

그렇게 생각하면 한 줄도 못 쓸 것 같았다.

수전 때문에 나도 타자기에서 워드프로세서로 넘어가기를 거부했다. "속도를 늦춰야지, 높일 게 아니라. 글쓰기를 쉽게 만들어주는 물건이 있다면 절대로 피해야 해." 수전은 레코드판에서 CD로 넘어가지도 않으려 했다. 새로운 장비나 전자 제품을 미심쩍어했다. 최신 기술에 관심이 없다는 것에서 자부심을 느꼈다.

그렇지만 수전은 자기가 나쁜 본보기라고 생각했는데 작업 습관이 좋지 않기 때문이었다. 자기는 자제력이 없다고, 날마다 쓰는 게 가장 좋은 줄은 알지만 그렇게 할 만큼 심지가 굳지 못하다고 했다. 하지만 날마다 일하지 못하는 건 수전이 자제력이 없어서(혹은 가끔 자책하듯 게을러서)가 아니라 글쓰기 말고 다른 것들도 하고 싶은 욕구가 크기 때문이었다. 수전은 여행을 많이 하고 싶었고 매일 밤 외출하고 싶었다. 나는 수전이 죽은 뒤에 사람들이 한 말 중에서 가장 정곡을 찌른 말이 하드윅의 이런 말이었다고 생각한다. "수전이 무용 공연, 오페라, 영화 등 '행사가 있는 곳'에서 저녁을 보낼 수 없게 되었다는 생각이 무엇보다도 더 가슴을 흔들어놓는다."

링컨 센터.° 나는 앞으로 평생 오케스트라가 음을 맞추는 소리를 듣거나 샹들리에가 오페라하우스 천장으로 올라가는 걸 볼 때마다 수전을 떠올릴 것이다.

수전은 일을 하려면 상당히 긴 기간 동안 다른 아무것도 하지 않았다. 덱세드린(각성제)을 먹고 쉬지 않고 일했다. 절대 아파트 밖으로 나가지 않았고 책상에서 벗어나는 일도 거의 없었다. 우리는 수전의 타자기 소리를 들으며 잠이 들고 타자기 소리를 들으며 잠에서 깼다. 수전은 이렇게 자기 파괴적인 방식으로 일하지 않을 수 있으면 좋겠다고 말하곤 했지만, 그래도 최고로 가동된 상태로 몇 시간이 지나고 나야 머리가 제대로 돌아가고 가장 좋은 아이디어가 떠오른다고 생각했다.

수전은 자기가 작가가 아니었으면 의사가 되었을 것이라는 말을 종종 했다. 의사에게 필요한 체력은 확실히 갖추었다. 하지만 의사에게 요구되는 규칙적인 생활과 자제력은 부족한 것 같았다.

수전은 작가는 우호적인 것이든 비판적인 것이든 리뷰에 신경을 쓰지 말아야 한다고 했다. "사실 나쁜 리뷰

° 뉴욕에 있는 복합 공연장 단지.

보다 좋은 리뷰가 더 기분을 상하게 할 때가 많아." 게다가 사람들은 따라쟁이라고 했다. 누가 뭐가 좋다고 말하면 다음 사람도 좋다고 하고 그런 식이다. "만약에 내가 뭐가 좋다고 말하면, 모든 사람이 다 그거 좋다고 해." 그러다 보면 이제 사람들은 그 작품을 자세히 들여다보려고도 하지 않는다. 다른 사람들이 한 말에 근거해 이미 판단을 내렸기 때문이다.

그런데 자기 책의 리뷰를 맡은 누군가를 두고 매우 불쾌해한 적은 있었다. 그 사람이 자기를 비평할 만큼 똑똑하거나 비중 있는 사람이 아니라고 생각했기 때문이었다.

수전은 다른 사람이 나를 좋아하는지 아닌지에 너무 신경을 쓰는 것은 잘못이라고 했다. 어떤 상황에서 어떤 사람에게 경멸을 당하는 것은 실제로는 큰 칭찬일 수 있다고.

이런 말도 했다. "훔치는 걸 꺼리지 마. 나도 다른 작가들한테서 숱하게 훔쳤어." 또 자기 글을 훔쳐 간 작가들의 사례도 무수하게 열거했다.

"강제 수용되지 않도록 조심해. 네가 여성 작가라고

생각하게 만드는 압력에 저항하라고." (최근에 어느 서점에 들어갔다가 수전의 책이 '여성 역사의 달 특별 도서'라는 표지판 아래에 전시된 것을 보았을 때 수전의 이 말이 떠올라 얼굴을 찡그리지 않을 수 없었다. 표지판 아래 달랑 수전 손택, 아나이스 닌, 조라 닐 허스턴만 있었다.)

"너 자신을 희생자로 생각하고픈 욕구를 물리쳐야 해." (수전은 스스로를 돌보지 못하는 나약한 사람을 참지 못했다. 자신을 지키는 보호 장구가 없는 사람을 보면 공격적으로 변했다.) 수전은 여자들이 매저키스트가 되도록 길러진다고 유감스러워했고 여자들이 여기에 저항해야 한다고 했다. 자기 자신은 보통 여자들과 크게 다르지만 그래도 자신에게도 매저키스트 성향이 있음을 느끼고 개탄했다. "나를 원하지 않는 사람한테 안달하는 그로테스크한 면이라든가." ('그로테스크'도 수전이 좋아하는 단어였다.)

∫

　　　　　　　　　　나는 직접 와보기 한참 전
에 수전의 아파트가 무료 숙박소로 통한다는 이야기를
들었다(장 주네가 수전의 집에 느닷없이 나타나서 한
첫 마디가 "달걀 있어요?"였다는 이야기를 들었는데 수
전이 사실이라고 했다. "다른 사람이 자기를 알아볼까
걱정했는데 상태가 거의 피해망상에 가까웠어. 자기가
블랙팬서와 연관이 있어서 경찰이 잡으러 올까봐 겁을
냈지. 나는 계속해서 여기에서는 아무도 당신을 못 알아
볼 거라고 말했어. 그런데 우리가 처음 집 밖으로 나간
날 길 건너에 있던 사람이 건너오더니 이러는 거야. '혹
시 장 주네 아니세요?'"). 때로 뉴욕에 사는 수전 친구들
이, 아는 사람이 뉴욕으로 오면 어떻게 해야 할지 몰라
수전의 집으로 보내곤 했다. 특히 젊은 사람을 주로 보
냈다. 내가 340번지에 살 때도 거실 구석에 둔 싱글 침
대에서 자는 누군가가 있을 때가 많았다. 원래 하녀 방
이었던 곳(현재 내 서재)에 있던 침대를 밖으로 꺼내놓
은 것이었다.

　당시 수전은 사진에 관한 에세이가 매우 높이 평가받

고 널리 읽히는 데다, 암 투병에 대해 거리낌 없이 이야기하면서 생애 두 번째로 명성을 떨치고 있었다(첫 번째 명성은 1960년대 첫 번째 비평 「캠프에 대한 단상」을 발표하면서 찾아왔다). 종일 전화가 울려댔는데 수전은 자동응답기를 마련할 생각이 전혀 없었다. 수전처럼 가만히 있지 못하는 사람과 같이 살면 안 그래도 늘 집안이 북적거리는 느낌인데 더해서 방문객이 끝도 없이 찾아왔다. 수전은 외출하는 것도 좋아했지만 사람들을 집으로 부르는 것도 좋아했다. 처음 만나는 사람이라도 마찬가지였다. 인터뷰를 할 때도 대부분 집에서 했다. 나는 집으로 찾아오는 낯선 사람들을 끝없이 문에서 맞거나 아니면 나갔다 돌아와 부엌에서 누군가가 수전을 (때로는 한 시간 가까이) 기다리고 있는 걸 보곤 했다. 부엌이 아파트에서 가장 좁은 공간이었지만 수전은 주로 거기에서 손님을 맞았다. 수전은 데이트를 할 때도 상대가 집으로 데리러 오는 걸 좋아했다. 두 사람이 도시 반대편으로 갈 때도 일단 집에서 만났다.

데이비드는 물론 바쁘고 북적거리는 엄마의 삶에 익숙했다. 수전은 데이비드가 "외출복 차림으로" 자랐다고 말하곤 했다. 어린아이가 있다고 해서 파티나 행사나

이벤트 등에 빠지고 싶지 않아서 늘 데이비드를 데리고 다녔다는 말이다(수전은 데이비드를 영화관에도 데려가서 데이비드가 의자에서 자는 동안 동시 상영 영화를 봤다). 데이비드가 수전보다는 훨씬 프라이버시에 예민하긴 하지만 그래도 데이비드도 수전처럼 너무 조용하면 따분해하고 안절부절못했다. 수전만큼 체력도 넘쳤다. 데이비드가 수전만큼 사교적이지는 않을지라도 그래도 나보다는 훨씬 사교적이었다. 그때 나에게도 지금 내 모습의 씨앗이 있었으니까. 지금 나는 하루의 90퍼센트를 혼자 보내는 사람이 되었다.

나는 이것저것 여러 가지를 다 하고 싶어한 적이 없다. 늘 한 가지만 잘하고 싶었다. 수전하고는 정반대라 수전에게는 분명 단점으로 보였을 것이다. 예술가들이 대부분 나와 다르지 않고, 특히 수전이 숭배하는 예술가인 무용가들도 마찬가지지만(안무가 발란신 이야기를 수전도 들어봤을 성싶다. 누군가가 미술관에 가자고 하자 이렇게 대답했다고 한다. "전에 가봤어요."). 수전과 데이비드 둘 다 나의 수도사 같은 면을 못마땅해했다. 그들 눈에는 활기와 호기심이 결핍된 것처럼 보였다. 작가가 되겠다는 사람이 그러면 쓰나! 데이비드는 그걸 어떤 결점으로 보았고 그냥 내버려두면 내가 아주 따분한 사람이 될 거라고 했다. 수전은 틀어박히는 걸 좋아하는 사람은 본성이 냉정하고 이기적이라고 믿었다. 나는 달라져야 했다.

그리고 나는 실제로 달라지려고 노력했다. 한동안은 두 사람을 쫓아가려고 무척 애썼다. 외출하는 게 즐겁지 않은 건 아니었으니까. 또 수전이 아는 유명 작가와 예술가들을 만나는 것도 엄청난 경험이었다(수전: "내가 학교 다닐 때 사람들이 어떤 책상을 가리키면서 이렇게 말했어. '저기가 시드 셔리스°가 앉았던 자리야!' 그 말에 나도 흥분했지. 그런데 지금은 얼마나 많은 것을 당연하게 여기게 됐는지."). 나의 가장 좋은 기억은 로저와 도로시어 스트로스의 시골 저택에 초대받았을 때다. 두 사람이 정말 친절했다(수전과 데이비드가 테니스 라켓을 샀다는 말을 듣고—둘이 우리 이웃에 사는 프로선수에게 레슨을 받으려던 참이었다—로저가 방에서 나가더니 자기 라켓 하나를 들고 돌아와 나에게 주었다. "이거 써요." 나는 한 번도 그 라켓을 사용하지는 않았지만 검은 레이스 드레스처럼 여러 해 동안 소중히 간직했다).

° 「사랑은 비를 타고」 등에 출연한 미국 배우.

스튜디오 54°에 간 것도 정말 끝내주는 일이었다("앤디 워홀 만나 본 적 없지?").

그렇지만 사랑에 빠졌을 때는 애인하고 같이 있는 것이 무엇보다 간절하지 않을까? 지금 돌이켜 보면 데이비드와 내가 단둘이 있었던 때가 거의 기억이 나지 않는다. 한두 번 정도 내가 데이비드가 프린스턴에 얻어놓고 거의 쓰지 않던 방에 가서 같이 밤을 보냈고 계속 여기에서 지내면 좋겠다고 생각하며 울적해한 일이 기억난다.

340번지에서 살게 되고 얼마 뒤에 다시 『뉴욕 리뷰』에서 일하게 되었다. 로버트 실버스를 보좌하는 세 명 중 한 명으로 일했는데(수전이 『리뷰』의 기고자로 밀접한 관계를 맺고 있는 데다 편집자들과 친분이 두텁고 『리뷰』에서 일어나는 모든 일에 열렬한 관심을 보였기 때문에 나의 직장 생활과 가정생활 사이의 경계가 불분명해지곤 했다), 퇴근한 뒤에는 외출하고 싶은 생각이 전혀 없을 때가 많았다. 특히 시끄럽고 번쩍이고 사람들이 바글대는 곳에는 가기 싫었다(내가 수전이나 데이비드와 다르게 세상 밖으로 나가고 싶어하지 않는다고, 더

° 맨해튼 미드타운에 있는 공연장. 1977년에 나이트클럽으로 개장했을 때 유명인들이 모여 세계적으로 유명해졌다.

많이 경험하고 더 많이 보고 싶어하지 않는다고 비난을
받다가 짜증이 나면, 나는 나의 최대의 무기를 꺼내서
반박했다. "베케트라면 안 그럴 거예요.").

수전은 아파트에 다른 사람들이 있다는 걸 알면 방에서
작업이 훨씬 더 잘 된다고 말하곤 했다. 하지만 나는 아파
트에 아무도 없을 때가 아니면 작업을 하기 어려웠다.

한동안은 글을 쓰려고 아침에 아주 일찍 일어나서 서
재에 틀어박혔다. 그런데 수전이 아침에 일어나자마자
서재 문을 두드리며 부엌으로 나오라고 했다(수전은 잠
을 최대한 적게 잤다. 무의식 상태에서의 뇌 활동이 유
익하다는 생각을 도무지 받아들이지 않았다. 잠도 어린
시절처럼 시간 낭비로 여겼다). 수전은 모닝커피를 마
시거나 신문을 읽을 때도 혼자 있지 않으려 했다. 아니
막 자고 일어났을 때 특히 이야기할 사람이 필요한 것
같았다. 머릿속에 떠오른 생각을 두서없이 쉬지 않고 늘
어놓았고 어째서인지 이 시간대에는 분노로 들끓을 때
가 많았다. 자기 삶의 무언가가 불만스럽거나 『타임스』
1면에서 본 무언가가 마음에 화를 돋웠다. 수전이 이럴
때면 나의 독일인 외할머니가 생각났다. 우리 외할머니
도 성격이 예민했고 늘 주변에 바보들밖에 없다고 불평

을 했고 거의 늘 화가 나 있었다. 외할머니도 수전처럼 미국인은 피상적이고 미국 문화는 저급하다고 경멸했다.

데이비드는 뚱한 아침의 수전을 힘들어했다. 수전한테 등을 돌리고 앉아 짙은 색 긴 머리카락을 늘어뜨려 얼굴을 가리고 신문을 들여다보았다.

수전은 혼자 있는 것을 도저히 견디지 못했다. 수전은 늘 하고 싶은 일이 많았지만 혼자서 하려고는 안 했다. 수전에게 혼자 경험해서 더욱 강렬한 경험이란 없었다. 밥을 먹는다는가 하는 일상적 일도 혼자 한다면 수전에게는 형벌이나 다름없었다. 혼자 집에서 밥을 먹느니 차라리 별로 좋아하지 않는 사람과 같이 나가서 먹을 사람이었다.

나에게 이렇게 말한 적이 있다. "내가 항상 뭔가를 하고 있다는 걸 느꼈을 거야. 지금도 너한테 말을 하고 있지 않으면 책을 읽었겠지." 수전은 늘 무언가에 정신을 쏟았다. 주의를 끄는 것이 없으면 정신이 멍해져서 마치 방송 송출을 안 할 때 텔레비전 화면에 뜨는 노이즈 같은 상태가 된다고 했다. 수전이 나에게 그렇게 말하던 것이 또렷이 기억난다. 그 뒤로 나는 자주 그 말을 떠올렸는데 아직도 정말 그럴까 완전히 믿기지가 않는다.

텅 빈 화면…. 아무것도 떠오르지 않는다고? 몽상도, 공상도, 잡생각도, 기억도, 지금 진행 중인 일에 대한 생각도, 삶이나 사람이나 앞으로의 계획에 대해서도, 아무것도 떠오르지 않는다고? 어떻게 그럴 수가 있지?

전혀 이해가 가지 않았다. 그런 한편 그 말이 수전의 과잉 활동과 늘 누구와 같이 있으려 하는 과도한 욕구를 설명하기도 한다. 왜 시골을 싫어하는지, 왜 다른 사람처럼 일하다 멈추고 쉬는 게 안 되는지도. 그 텅 빈 화면이 무척 두렵다고 수전은 확고하게 말했다. 수전이 호기심이 많고 늘 새롭고 위험한 것에 도전하고 싶어하고("나는 모든 것을 다 할 생각이다." 수전이 열여섯 살때 일기에 쓴 문장이다) 반反문화°에 깊이 빠져 있으면서도 향정신성 약품에는 손도 대지 않은 까닭도 설명이된다(세상에는 절대 LSD를 권하면 안 될 것 같은 사람, 약에 취해 있을 때 절대 마주치고 싶지 않은 그런 부류의 사람이 있다. 수전이 바로 그런 사람이었다).

마지막으로 암이 재발했을 때 수전의 모습을 데이비드가 묘사한 글을 읽었을 때, 그 텅 빈 화면이 다시 떠올랐다. 소멸이라는 생각이 수전에게 너무나 큰 고통과 공

° 주류 기성 사회의 가치관과 방식을 부인하는 젊은이들의 문화.

포를 안겨주어 수전이 거의 제정신을 잃었다는 글.

저녁 시간을 친구들과 같이 보내는 것만으로는 충분하지 않았다. 수전은 외출했다 집에 들어오면, 상당히 늦은 시각이고 데이비드와 내가 이미 잠자리에 든 이후일지라도 방문에 노크를 하고 물었다. "들어가도 돼?" 뭐, 으레 그러려니 하고 기다리고 있었으니까(닫힌 문 밖에서 수전이 쭈뼛쭈뼛하는 게 느껴져 가슴이 아플 지경이었다). 데이비드와 나는 바닥에 매트리스만 깔고 잤다. 그 옆에 작은 소파가 있었다. 수전은 소파 위에 앉아 담배에 불을 붙이고 그날 있었던 일을 전부 이야기했다. 나는 수전이 이야기하는 동안에 잠들기도 했다.

4기 유방암, 니콜과의 결별. 이런 일이 있었으니, 이때 수전은 이전 어느 때보다도 혼자 남겨지기가 두려웠던 것 같다. 수전은 데이비드가 이사를 나간다면 자기가 얼마나 고통스러울지 전혀 숨김없이 드러냈다. 나는 내가 원하는 것을 떠올리기만 해도 잔인하고 이기적인 사람이 된 기분이었다. "죄책감을 못 이길 것 같아." 그 주제에 대해 데이비드와 마지막으로 대화를 나눴을 때 데이비드는 이렇게 말했다.

당연히 수전에게는 수전의 입장이 있었다. 아들과 같이 살고 싶은 이유가 욕심이 아니라 사랑이라고 했다. 두 사람의 관계는 다른 모자 관계와는 다르다고 했다. 수전이 나에게 말하기를 사실 데이비드가 자기를 엄마로 생각하기를 바라지 않았다고 했다. "그보다는 나를 뭐랄까, 재미있는 큰누나쯤으로 여기길 바랐어." (수전은 데이비드를 "아들이라기보다는 동생 같은" "나의 가장 친한 친구"로 생각한다고 했다.) 데이비드를 낳았을 때 자기가 열아홉 살밖에 안 되었으니까(이런 얘기를 들으면 나는 어리둥절했다. 수전은 늘 두 사람 나이가 '비슷하다'고 강조했는데 그 세대 엄마들은 대체로 그 나이에 아이를 낳지 않았나? 우리 엄마만 해도 수전보다 더 어린 나이에 첫 애를 낳았는데. 아무래도 수전과 데이비드가 같은 세대에 속한다고 할 수는 없지 않나?). 그리고 사실상 수전이 데이비드를 빚어냈다. 두 사람은 너무 비슷해서 어떤 면에서는 거의 똑같을 정도였다. 취향이 거의 비슷했고 같은 것에 관심을 가졌고 같은 것에 열광했다.

수전이 아끼는 사진을 보여준 적이 있다. 롤랑 바르트가 어릴 때 어머니와 같이 찍은 사진이었다. 엄마 품에 안겨 다리를 달랑거리고 있는데 이미 상당히 큰 아이라 조금 우스꽝스럽게 보이는 모습이었다. 롤랑 바르트는 수전의 문학적 우상 가운데 한 명이고 나도 무척 존경하는 사람인데 죽는 날까지 어머니와 같이 살았다.

우리 세 사람이 한집에 살아서 이상할 것은 아무것도 없었다. 다른 문화에서는, 예를 들어 러시아에서는("그렇지 않아, 조지프?") 그렇게 사는 게 흔한 일이었다.

그리고 전통적 핵가족이 뭐가 그렇게 좋은 거라고? 수전은 이미 그게 '재앙'이라고 선언했는데? (수전은 커플들을 비난할 때도 많았다. 둘 중 한 사람이, 혹은 따로 있을 때 각각이 아무리 재미있는 사람이라고 해도 쌍으로 있을 때는 하나같이 따분하다고.)

관습에 얽매이려고 하지 마(사실 나는 아주 비관습적인 가정에서 자랐기 때문에 평범한 부르주아적 삶이 솔직히 나에게는 매혹적일 뿐 아니라 낯설고 신비롭기도 했다).

다른 사람이 뭐라고 하든 그게 무슨 상관이지?

수전 말이 옳다. 다른 사람들이 뭐라고 하든 신경을 끊어야 했다. 하지만 신경 쓰지 않을 수가 없었다. 사람들이 하는 말이 너무 충격적이었다. 사람들은 수전에게는 차마 못 하는 말을 나에게는 아무렇지도 않게 했다.

광적이고 호색적인 호기심이 340번지를 둘러싸고 있다는 사실을 나는 이미 알고 있었다. 수전이나 데이비드를 만나기도 전에 소문부터 들었다. 이제 사람들이 나에게 와서 대놓고 물었다. 그게 정말이에요? 섹스를 같이 한다던데. 때로는 묻는 게 아니라 그냥 단정적으로 말하는 사람도 있었다. 틀림없이 같이 섹스를 했을 거야. 내가 같이 살기 시작하면서 추측이 더 무럭무럭 자라 끓어오르고 있었다(수전의 바이섹슈얼리티가 결정적인 근거처럼 간주되었다). 거기에서 대체 무슨 일이 일어나는 걸까? 어느 날, 내가 그 집에서 나왔지만 데이비드와 헤어지기 전이었을 때, 데이비드와 막 알게 된 사이인 뉴욕대 교수와 셋이서 저녁을 먹은 적이 있다. 대화 도중에 이 사람이 데이비드에게 물었다. "당신하고 시그리드하고 수전이 같이 자요?" 데이비드가 "뭐라고요?"라고 물었는데 그 사람은 마치 외국인이나 백치를 대하듯이 천천히 다시 그 질문을 되풀이했다.

수전에 관한 이 숱한 루머는 대체 뭘까? 그게 사실이었을까? 사람들이 말하듯 수전이 정말 괴물이었나? 나는 사람들이 수전에 대해 얼마나 나쁜 말들을 하는지 알고 아연실색했다. 그러나 수전이 이런 말들이 돈다는 사실을 아는지 모르는지는 결코 알 수가 없었다(자신이 아들과 부적절한 관계라는 소문이 얼마나 멀리 퍼졌는지 수전이 인지했더라도 나에게 그런 이야기를 한 적은 한 번도 없었다). 1982년 맨해튼 타운홀에서 폴란드 반정부 시위에 연대하는 집회가 열렸을 때, 수전이 그 자리에서 공산주의는 파시즘의 한 형태라고 발언했다가 엄청나게 격렬한 포화를 맞았다. 수전은 큰 충격을 받았다. "나한테 적이 그렇게 많은 줄 몰랐어." 나는 수전이 내가 만나본 그 누구보다 적이 많은 사람이라고 느꼈다. 게다가 영향력 있는 사람들 집단에서 으레 그러듯 수전의 친구들 가운데에도 적이 있었다.

수전이 『뉴요커』의 어떤 편집자가 자기가 그곳에서 일하는 한 수전 손택의 단편을 싣는 일은 없을 거라고 맹세했다는 말을 들었다고 했다. 수전이 들은 말이 사실인지 확인할 수는 없지만 있을 수 있는 일일 것 같다. 수전은 그런 감정을 불러일으키곤 했다(1977년 드디어 『뉴요커』에 단편 「안내 없는 여행」을 실었을 때, 수전은 마치 생애 처음으로 글을 발표하기라도 한 것처럼 승리감에 들떴다).

수전의 타운홀 연설에 대한 고약한 반응이 질투심 때문이라는 수전의 말이 맞는지 아닌지 나는 모른다. 그렇지만 질투가, 지독하고 악의에 들끓는 질투가 늘 수전을 따라다녔다는 사실은 안다(하지만 수전은 타운홀 집회 때만은 미리 더 준비하지 않은 것을 후회했다. 발언을 더 꼼꼼하게 준비했다면 그렇게 사람들을 자극할 방식으로 말하지 않을 수 있었을 것이라고 했다).

대체 거기에서 무슨 일이 벌어지는 거야?

한 친구가 웃으면서 이렇게 말한 게 떠오른다. "다들 극도로 충격적인 일을 상상하지. 사실은 흔하디 흔한, 아들을 놔주지 않으려는 소유욕 강한 엄마와 죄책감에 시달리는 아들이 있을 뿐인데."

수전은 툭하면 데이비드와 자기 사이의 지난 일들을 이야기했는데 다툼과 원망으로 가득한 이야기들이라 나는 듣기가 힘들었다. 수전은 얼굴을 붉히고 목소리를 높이면서 데이비드를 위해 자기가 한 일을 하나씩 열거했다. 나한테 그런 엄마가 있었는 줄 아니? 너한테는 그런 엄마가 있었니? 자기가 아는 다른 부모와 자신을 비교하면서 그들이 자식에게 독립을 허용하는 게 관심이 없어서라고 오해하기도 했다.

그러나, 수전이 어머니로서 자부심이 대단했고 아이를 더 낳지 않은 것을 늘 한탄했지만, 모성애가 강했다고 할 수는 없다. 나는 수전이 젖을 먹이거나 아기를 돌보는 모습을 상상할 수가 없다. 수전이 도랑을 파거나 브레이크 댄스를 추거나 소젖 짜는 모습을 상상하기가 차라리 더 쉽다. 수전은 임신했음을 안 날부터 진통이 시작된 날 사이에 단 한 번도 병원에 안 갔다고 한다. "가는 건 줄 몰랐어."

호기심이 끝이 없어서 책을 하루에 최소 한 권 읽는 사람인데 임신이나 육아에 대한 책은 한 권도 읽지 않았다. 수전이 잘하는 이야기 중에 이런 것이 있다. 하루는 젊은 엄마들 한 무리가 자기에게 와서는 수전의 양육 방식에 문제가 있다고 우려를 표하더란다. 수전에게 공부가 좀 필요한 것 같다고 말했다. 수전은 그 사람들은 단순히 남 일에 참견하기를 좋아하는 사람이 아니고 여자는, 아내는, 엄마는 어떠해야 한다는 전통적 생각에 얽매인 해방되지 않은 여성이라고 했다. 그 사람들 때문에 죄책감을 느꼈는지 내가 묻자 수전은 단호하게 아니라고 대답했다. 어머니로서 죄책감을 느껴본 적은 한 번도 없다고 했다. "단 한 점의 죄책감도 느낀 적 없어."

그러고는 이런 이야기를 들려주었다. "다들 데이비드가 태어나면 밤에 제대로 못 잘 거라고 했어. 하지만 아니었어. 데이비드는 밤에 한 번도 안 깼어. 병원에서 집으로 데려온 날부터 밤에 한 번도 안 깨고 죽 잤지." 수전은 분명히 이렇게 기억하고 있었다. 그게 사실이 아닐 수도 있다는 생각은 전혀 안 했다.

이런 이야기도 했다. "『은인』의 마지막 부분을 쓰고 있을 때, 며칠 동안 먹지도 자지도 옷을 갈아입지도 않고 일만 했어. 막판에는 손을 멈추고 담배에 불을 붙일 시간조차 없었어. 데이비드한테 내가 타이핑을 하는 동안 옆에 서서 담배에 불을 붙이라고 했지." 수전이 『은인』의 마지막 부분을 쓰고 있었을 때가 1962년이니 데이비드가 열 살일 때다.

수전은 엄마가 아니었다. 가끔 데이비드의 안경이 더러운 것을 보고 안경을 벗겨서 부엌 싱크대에서 닦아주곤 했는데 그 모습을 보면서 나는 이게 내가 본 유일하게 엄마다운 행동이라고 생각했었다. 주위에 아이들이 있을 때도(스트로스 부부의 세 손녀들이 있을 때라든가) 수전은 아무 관심을 주지 않았다.

수전을 여러 해 동안 알던 사람들, 데이비드가 성장하는 걸 보아온 사람들은 수전이 데이비드를 보내주지 않을 거라고 말했다. 암 때문이 아니라고 했다. 수전은 절대로 자기 아들이 삶에서 다른 사람을 자기보다 우선시하게 하지 않을 거라고. 수전 본인도 자기들 관계가 워낙 복잡하고 격해질 때가 많다며 "데이비드와 나 사이에 항상 누군가 제삼자가 있어야 해"라고 말했다. 수전은 '여자친구'라는 단어를 별로 좋아하지 않았다. 대신 '친구'라는 말을 썼고 가끔은 농담으로 나를 데이비드의 '배우자'라고 불렀다. 우리 세 사람을 리버사이드 드라이브의 공작, 공작 부인과 오리 새끼라고 지칭하기도 했다. 듣기 좋은 말은 아니었다. 데이비드가 무언가 재미있는 일을 하려고 하면 수전도 무조건 같이하려 해서 그것도 문제였다. 테니스 레슨에 모터사이클 레슨까지. 수전은 걸핏하면 데이비드와 나뿐 아니라 우리가 낳는 아기도 부양하겠다고 말했지만, 한편으론 데이비드가 일찍 아버지가 되면 인생을 망칠 거라고도 했다.

"너희들 그냥 식스티나인만 하지 그래? 그러면 피임 걱정 안 해도 되잖아." 점심을 먹는 도중에 수전이 이런 말을 했는데 그때 그 자리에 다른 사람도 있었다. 그 사람이 침묵을 깨며 이렇게 말했다. "수전은 할머니가 되고 싶지 않은 모양이네."

그때가 나에게는 무척 불편하고 혼란스럽고 자유롭지 못한 시기였다. 나는 가족과 친구들을 비롯한 다른 사람들로부터 일부러 거리를 두고 있었다. 수전의 집에서는 프라이버시나 고독을 느낄 겨를이 없었는데도 소외감이 이전 어느 때보다 더 크게 느껴졌다. 나를 이용해서 수전에게 접근하려는 사람들도 조심해야 했다 ("아 참, 어머니도 모시고 와요." 데이비드도 커가면서 이곳저곳에 초대를 받으며 이런 말을 듣는 것에 익숙해졌다고 한다). 그리고 집에서도 직장에서도 문학 거장들에 둘러싸여 지내면서 내 길을 찾기란 참 힘든 일이었다. 아직 등단도 하지 못한 아마추어인 내가 글을 써야 한다고, 내 시간이 필요하다고 주장하려면 굴욕감부터 견뎌야 할 때도 많았다. 수전에게 내가 글을 쓸 때는 방해하지 말아 달라고, 계속 나한테 심부름을 시키지도 말아 달라고(이를테면 내가 일하고 있는 시간에 자기에게 필요한 책을 사다 달라며 긴 목록을 안긴다든가) 말하면, 수전은 그러지 않겠다고 약속했다. 그러고 잠깐 괜찮은가 싶다가는 곧 다시 원래대로 돌아갔다.

∫

수전은 작가 레지던시에 가지 말라고 나를 설득하려고 했다. 데이비드하고 관계에 해가 될 거라고 했다. 데이비드와 사귄 지 1년이 안 되었으니 한 달이나 떨어져 있기는 너무 이르다고. 하지만 나는 내가 떠나면 데이비드가 조금은 안도할 거라고 생각했다. 우리는 많이 다퉜고 내가 울면 데이비드는 싫어했다(수전의 조언: 한 번 울면 사람들이 널 딱하게 여기겠지. 하지만 날마다 울면 짜증 나는 인간이라고 생각할 거야). 수전은 또 내가 멀리 가 있다가 다른 사람을 만날까봐 걱정했다. 수전은 내가 대책 없는 연애꾼이라고 생각했다. 또 나를 콕티즈°라고 불렀는데 나무라는 말은 아니고 공감한다는 뜻이었다. "나도 늘 그렇게 불렸어."

그곳에서도 일이 생각만큼 잘 안 되자 수전은 자기 말이 옳았음이 입증됐다고 생각했다. 황무지 한가운데로 달아난다고 글이 써지지는 않을 거라고 했잖아. 나는 날마다 글을 썼지만 안타까울 정도로 조금밖에 못 썼고 그나마도 건질 만한 부분은 하나도 없었다. 결국 다 갖

° cocktease, 성적으로 자극해놓고 몸을 내주지 않는 여자를 부르는 속어.

다 버렸다.

　도시로 돌아왔을 때 막 봄이 되었다. 그해 초여름에 버클리에서 학생들을 가르치는 레너드 마이클스가 작가 회의를 주관했다. 마이클스가 수전을 초대했다. 수전은 캘리포니아에 갈 일이 생겨 기뻤지만 언제나 그러듯 혼자 가고 싶지는 않았다. 수전의 친구 엘리자베스 하드윅이나 도널드 바셀미, 시어도어 솔로타로프도 초대를 받았으므로 그중 한 명과 같이 갈 수도 있었을 테지만, 수전은 데이비드를 데리고 가고 싶었다. 물론 데이비드의 '배우자'도 데려가면 좋겠지("캘리포니아에 가본 적 없지?"). 버클리에서 친절하게도 방 하나를 더 마련해주겠다고 했다. 우리는 학회가 끝난 다음에 캘리포니아에 일주일 더 머물면서 휴가 여행을 하기로 했다.

　나는 가고 싶었다. 서부 해안에 한 번도 가본 적이 없었다. 처음으로 버클리와 샌프란시스코를 보게 되어 흥분했다. 나는 차를 렌트해서 빅 서°에도 며칠 다녀오자고 아이디어를 냈다. 수전의 계획에는 없었을 여정이었

° Big Sur. 캘리포니아 센트럴코스트에 있는 산맥에 면한 해안지대로 풍광이 아름답기로 유명하다.

다. 수전은 빅 서에 이미 가보기도 했고 아무리 장엄한 풍광이라고 해도 자연에는 별 관심이 없었다. 버클리에 있는 퍼시픽 필름 아카이브에서 몇 시간이고 영화를 보는 편이 수전에게는 훨씬 즐거운 일일 것이다. 데이비드와 내가 따로 둘만의 시간을 보낼 절호의 기회였다. 여행에서 이 일정을 나는 가장 고대했다.

그런데 정작 그날이 되자 수전이 자기도 빅 서에 가겠다고 했다. 빅 서를 다시 보고 싶어서라기보다는 혼자 남겨지기 싫어서였다. 정말로 '혼자' 남겨질 일은 없었는데도. 도착한 날부터 베이 에어리어(샌프란시스코 광역 도시권)에 사는 친구들을 비롯해 사람들이 몰려들었고 다들 수전과 어울리고 싶어했다. 사실 빅 서로 가기로 한 날 다음 날에 잡아놓은 약속도 있었다. 차이나타운 최고의 식당에서 점심을 먹기로 했단다. 그러니 여행을 짧게 끝내고 서둘러 돌아와야 한다는 말이었다. "그럼 어때? 목적지가 중요한 게 아니잖아. 드라이브하러 가는 거지. 아냐?" 그날 내 행동이 자랑스럽지는 않다. 나에게 수전이 따라왔다는 사실보다 더 화가 나고 고통스러웠던 것은 그 주말에 나는 혼자 집으로 돌아가고 두 사람은 같이 하와이로 수전의 부모님을 만나러 갈

예정이라는 사실이었다.

　수전이 입을 열기 전에 크게 숨을 들이마셨다. "데이비드가 그러는데 네가 집에서 나가려고 하고 그게 나 때문이라던데." 우리는 처음 만난 자리에 와 있었다. 수전의 방에, 나는 수전의 책상 의자에 앉았고 수전은 침대에 있었다. "유감이다." 수전은 목소리를 조절했고 감정이 드러나지 않게 하려는 듯 자음을 또렷이 발음하면서 말했다. "하지만 내가 그 책임을 질 수는 없어."

　나로서는 할 수 있는 말이 없었다.

　"불공평해." 수전이 완강하게 말했다. "네가 나간 게 나 때문이라고, 데이비드가 나를 용서 안 하면 어떻게 하지?"

　수전은 계속 나를 달래려 했다. "잘 생각해 봐. 같이 사는 커플이 서로 떨어져 사는 커플이 되는 경우는 없어. 말도 안 돼. 큰 실수를 하는 거야."

　우리가 헤어지게 되면 다 내 잘못이라는 말이었다.

　만약 수전이 혼자 있을 수 없는 사람만 아니라면. 니콜과 헤어지지만 않았다면. 한 해의 절반을 파리 뤼 들라 프장드리에서 보내기만 했다면. 조지프가 수전의 연인이 되려고 하기만 했다면. 암에 걸리지만 않았다면.

그랬더라도 우리는 헤어졌을 것이다. 당연히 좀 더 오래 만났을 수는 있다. 그랬어도 결국에는 헤어졌을 것이다. 수전이 달에 살았다고 하더라도 데이비드와 나는 잘되지 않았을 것이다. 오래전부터 알던 사실이다. 내가 알 수 없는 것은 내가 그 집에서 나온 뒤에도 어떻게 우리가 1년 반 동안이나 더 삐걱거리는 관계를 계속 이어갈 수 있었나 하는 것이다.

나는 설리번 스트리트에서 온수 난방이 들어왔다가 끊겼다 하는 코딱지만한 방을 얻었지만, 여전히 몇 달 동안은 내 방보다 340번지에서 더 많은 시간을 보냈다. 그러면서 실제로 많이 좋아지기도 했다. 사이좋게 지낼 수 있었다. 행복하지는 않았지만 마음은 더 편했다. 나는 『뉴욕 리뷰』 일을 그만두고 작은 독일계 출판사에서 편집 보조로 비슷한 일을 했다. 그 무렵 창고와 공장들이 주거·사무 시설로 개조되면서 '트라이베카'라는 이름으로 불리기 시작한 지역에 사무실이 있었다. 그리고 나는 소설을 쓰기 시작했다. 제대로 출간은 못 했고 작은 잡지에 일부만 발표하고 그만이었고, 하드윅에게 "단어 하나하나가 다 형편없고 쓸 가치가 없다"는 조롱을 들었지만, 앞부분 몇 챕터를 썼을 때까지는 괜찮았는지 덕분에 에이전트가 생겼고 몇몇 편집자들의 관심도 받았다.

지금 갑자기 떠올랐다. 그 버클리 학회에 있던 사람들. 수전. 하드윅. 레너드 마이클스, 도널드 바셀미. 시어도어 솔로타로프. 모두 지금은 없다. 이 회고록에 나오는 사람들 대부분이 다 죽었다.

이사를 나온 직후에 익명의 편지를 받았다. "축하합니다"라는 말로 시작해서 내가 용감하고 현명하고 아마도 목숨을 구하는 행동을 했다고 칭찬하는 내용이었다. 당연히 좋은 의도로 쓴 편지였다. 하지만 나는 왜 익명으로 편지를 보냈는지 알 것 같았고 화가 났다(몇 해 뒤에 수전의 친구 한 명이 이렇게 말했을 때도 마찬가지기분이었다. "네가 그 집에 들어간 날부터 우리는 그저 두려워하면서 지켜봤어.").

1978년에 수전이 내내 두려워하던 일이 일어났다. 임대 계약이 종료된 것이다. 거의 10년 동안 산 집을 떠나야만 한다니 수전에게는 대위기였다. 그 일 때문에 악몽을 꾸기도 했단다. 지붕이 없는 집에서 살아야 하는 꿈도 꾸었다. "하지만 비가 오면 어떻게 하라고요?" 수전은 꿈속의 집주인에게 계속 물었다(수전이 몇 년 뒤에 킹 스트리트에 있는 타운하우스 한 칸을 빌렸는데 희한하게도 불이 나서 지붕이 일부 망가졌다). 수전이 다음에 세낸 아파트 두 곳은 다 마음에 안 찼다. 내가 보기에는 괜찮은 아파트였는데. 수전은 또 다른 펜트하우스를 구하기까지는 만족하지 못했다. 이번에는 첼시 지역에 있는 아파트를 구했는데 리버사이드 드라이브에 있는 아파트처럼 허드슨강 전망이 아름답게 보이는 집이었다.

이곳이 수전의 마지막 집이었다.

새 집을 구하러 다니던 몇 달이 데이비드와 수전에게는 힘든 시기였다. 두 사람은 서로 말을 안 하고 지낼 때도 있었다. 나와 데이비드 사이도 점점 힘들어졌다. 내가 다른 사람을 만나기 시작했기 때문이기도 했다("네가 왜 그랬는지는 이해해. 하지만 대체 왜 데이비드한테 말한 거니?" 수전이 답답하다는 듯이 말했다. 수전이 이해 못 하는 게 많았다). 사실 1978년이 나에게는 가장 암울하고 우울한 해로 기억된다. 마침내 수전이 이스트 17번가에 있는 복층 아파트를 계약했다. 두 사람이 이사를 한 날은 봄인데도 무척 더운 날이었다. 그날은 내가 같이 있었지만 그 뒤에는 그렇게 자주 가지 않았다. 그곳에서 밤을 보낸 적이 있었을 텐데 기억은 나지 않는다. 데이비드와 나는 점점 드물게 만났고 그해 겨울에 마지막으로 싸우고 헤어졌다.

340번지에서 나오려고 짐을 싸고 있을 때 수전이 나에게 가지고 가고 싶은 뭐든 가져가라고 했다. 나는 데이비드의 장 깊숙한 곳에서 찾아낸 장난감 두 개를 챙겼다. '래기디 앤디' 인형과 눈 한 개가 없는 조그만 갈색 곰이었다(몇 년 뒤에 수전이 인터뷰에서 데이비드가 어린 시절이 행복하지 않았다고 불평하지 않느냐는 질문을 듣자 웃으며 아이 방이 장난감으로 가득했던 게 기억이 난다고 말하고 이렇게 주장했다. "아들의 테디 베어를 아직도 가지고 있어요.").

∫

데이비드와 헤어지고 몇 년 동안은 데이비드보다는 수전과 더 자주 연락했지만 그다지 많이 만나지는 않았다. 그 기간에 수전은 우울할 때가 많았다. 수전이 반대했지만 데이비드는 프린스턴을 졸업한 뒤에 로저 스트로스가 제안한 일자리를 받아들였다(수전은 데이비드가 편집이나 할 사람이 아니라고 생각했다. 데이비드도 곧 위대한 책을 써낼 거라고 생각했고 데이비드가 집필에 전념하는 동안 자기가 부양하겠다고 했다). 그러고 데이비드는 드디어 집에서 나가 따로 살기 시작해서 수전에게 큰 충격을 안겼다. 이제 수전은 만날 때마다 외롭고 버려진 느낌이라고 말했다. 가끔은 눈물을 흘리기도 했다. 수전은 자기가 평생 한 일은 모두 무엇보다도 데이비드의 사랑과 존경을 얻기 위한 것이었다고 생각했다. 데이비드가 부모이고 자기가 아이이기라도 한 것처럼.

수전이 심리치료를 받고 있다고 해서 나는 크게 놀랐다. 수전이 심리치료에 의존하거나 항우울제를 먹는 사람들을 얼마나 멸시했는지 기억하기 때문이었다. 수전은 아무리 불행하더라도 심리치료 받기를 거부하는 사람들한테 특별한 존경심을 느끼는 듯했다. 우울이 닥쳤을 때 의연하게 대처하는 사람은 귀감이 될 만하다고 생각했다. 발터 베냐민 같은 천재의 우울한 기질(자기도 같은 기질을 지녔다고 생각했다)은 받아들일 수 있었으나 평범한 사람의 감정기복은 참아주지 못했다. 수전이 '진짜 문제'라고 부르는 것(예를 들면 목숨을 위협하는 병)이 있지 않다면 우울함을 느끼더라도 수전 앞에서는 감추는 게 좋았다. 자살 충동에 시달리는 사람들에 수전은 공감하지 않았다. 수전이 머릿속에 자살 생각이 떠오를 때마다 내면에서 "그들은 나를 잡지 못할 거야"라고 말하는 목소리를 들었다고 말하는 것을 듣고 나는 놀랐었다('그들'이 누구지? 나는 궁금했다).

그러나 오십대 초반에 접어들며 수전의 만성적 과민함과 불만이 한층 더 어두운 쪽으로 바뀌었다. 수전은 아침에 일어났다가 곧 다시 침대로 기어들어 가곤 했고 기억력과 집중력이 예전 같지 않았다. "정말로 내가 뇌졸중을 약하게 앓았다고 생각했어." 수전은 신경과 진료를 받고 상태를 확인했다. 뇌졸중이 아니라 그냥 전형적 중년 우울증이었다. 수전은 정신과 치료를 받기 시작했다. 의사에게 상담을 받았다. 한동안 우울증약도 먹었다. 이제는 심리치료에 푹 빠져 있었다. 심리치료 세션 동안에 무슨 일이 있었는지 한참 이야기했다. 자기가 뭐라고 말했으며 심리치료사는 뭐라고 말했는지. 심리치료사는 수전의 문제 가운데 하나가 나르시시스트들에게 둘러싸여 있는데 수전 자신은 나르시시스트가 아니기 때문에 그 사람들을 이해 못 하는 것이라고 했다("넌 어떠니?" 수전이 나에게 진지하게 물었다. "너도 나르시시스트니?").

"왜 아들을 아버지로 만들려고 했나요?"

이 말을 처음 들었을 때 충격을 받았다고 한다. 심리치료사가 도대체 왜 그런 생각을 하게 됐는지 알 수가 없었다. 그러다 갑자기 깨달았다고 한다. 자기가 그렇게 하려고 했다는 걸. 그리고 우리 둘 다 울었다.

뉴올리언스에서 집으로 돌아오는 길에, 공항에서 우리 둘이서 데이비드가 짐을 찾아오기를 기다리고 있었던 때가 기억이 난다. 사람이 무척 많았다. 데이비드가 간 지 한참 되어서 우리 둘 다 조금 초조했는데, 마침내 데이비드가 보였다. 아직 꽤 멀리에 있었지만 키가 하도 커서 쉽게 눈에 띄었다. 수전은 이런 일이 자기에게 얼마나 큰 위안인지 말했다. 어딘가에서 데이비드를 기다리고 있는데, 갑자기 그가 눈에 들어올 때. "기린이 나를 향해 겅중겅중 오는 거야."

큰 키 말고 수전이 남자나 여자에게서 매력으로 느끼는 특징이 두 가지 더 있었다. 굵은 목소리와 커다란 머리.

수전은 자기 기질이 침울하다고 하곤 했지만 침울이라는 말은 실제 수전이 어떤 상태였는지를 가리키기에는 지나치게 약하고 소극적인 단어이다. 수전은 프랑스 사람들이 '엉 트리스트(un triste)'라고 부르는 사람하고는 거리가 멀었다. 수전의 슬픔에는 어두운 분노가 짙게 서려 있었다. 발길질을 하고 소리를 지르면서 반응했다. 그들은 나를 잡지 못할 거야! 세상이 마음에 안 들 때 수전은 마구 채찍을 휘둘렀다. 누군가를 다치게 하고 싶었다. 수전과 가까운 사람들 가운데 샌드백이 최소 한 명은 있어서 그이를 때리고 또 때리곤 했다.

친구들도, 중요하거나 위압적인 사람이 아닌 한, 수전의 위협과 비난을 피할 수 없었다. 수전은 "잘못된 것을 지적"하거나 "바로잡는" 게 옳은 일이라고 생각하기 때문에 그러는 것이라고, 그게 진실의 문제라는 듯이 말하곤 했다. 사람들에게 말을 해줘야 한다고. 하지만 수전은 사정없이, 다른 사람이 옆에 있건 없건 가차 없이 지적하곤 했다. 어쩌면 다른 사람 앞에서 더욱 신랄해지는 것도 같았다. 특히 심할 때 나는 문득 수전이 어릴 때 도축장에서 받아온 피 한 잔을 마시는 모습을 떠올렸다. 이럴 때 수전에게 맞서서 이를 드러내고 으르렁거리면 수전이 물러선다는 사실을 알아낸 사람들도 있었다.

그러나 수전은 모르는 사람한테도 성질을 부렸다. 필라델피아에 갔을 때는 호텔 데스크 직원과 싸웠다. 데스크 직원이 허둥지둥하며 실수를 했다. "미스터 손택…." "나는 미스터 손택이 아니에요." 수전이 소리지르듯 말했다. "고개를 들어 보기만 해도 알 텐데요."

데이비드는 전에도 이러지 않았던 것은 아니지만 암에 걸린 뒤에 훨씬 심해졌다고, 한소리 할 기회를 절대 놓치지 않으려는 것처럼 보이기까지 한다고 말했다. 한소리 하면 수전은 속이 후련했을지라도 그것 때문에 수전과 같이 다니기가 힘들었다. 수전이 정말로 용서받지 못할 만한 짓을 한 사람에게만 독설을 퍼부었다면 또 달랐을 것이다. 그런데 그런 게 아니었다. 웨이터나 판매원이 조금만 빠릿빠릿하지 못해도, 부주의한 실수 하나만 해도, 큰 모욕이라도 당한 것처럼 반응했다. 그럴 때면 그냥 불쾌감을 표현하는 것에 그치지 않고 상대를 모욕하려고 했다. "아마 자기가 이런 일을 하기에는 너무 잘 났다고 생각하는 모양인데…" 이런 식이었다.

매저키스트이면서 동시에 새디스트였다.

심리치료사가 수전에게 암에 걸렸다는 사실을 알았을 때 "무척 화가 나지" 않았냐고, 또 불이 나서 집이 타 버렸을 때도 화가 나지 않았는지 물었을 때 수전은 진심으로 어리둥절했다고 한다. "내가 말했지. 그건 불합리한 생각 아닌가요? 무엇에 대해 화가 나야 하죠? 현상황에?" 그러나 수전이 서비스직에 있는 사람들한테 내는 화는 그야말로 불합리했다. 터무니없는 증오심이 담겨 있었다. 나는 이런 생각을 하지 않을 수가 없었다. 잘 알지도 못하는 사람에게 어떻게 저런 증오를 느낄 수가 있지? 가끔 수전은 뭔가 특별한 요구를 하고는(메뉴에 나와 있는 요리를 다른 것으로 바꾸어 달라든가) 안 된다는 말을 들으면 이렇게 말했다. "열 내지 마요! 그냥 물어본 거예요." 수전은 툭하면 경멸이 담긴 신랄한 말투로 열 내지 말라고 말했다.

레스토랑에서 그러는 건 정말 어리석은 행동이었다.

웨이터들의 복수에 대해 들어본 적 없나?

수전이 킹 스트리트에 사는 동안 소호에 있는 커피숍 한 군데에 자주 갔었는데 결국은 이제 다시 오지 말라는 소리를 들었다고 했다.

수전은 자기가 사과하기를 아주 좋아한다는 말을 자주 했다. "하고 나면 기분이 아주 좋아지거든." 그러나 수전이 이렇게 벌컥한 것에 대해 사과하거나 후회하는 것은 들은 적이 없다. 사람들을 꾸짖는 게 자기 권리이며 화를 잘 내는 것은 약점이 아니라 강점이라고 생각하는 것 같았다.

수전은 괴물 취급을 받으면 격분했다. 하지만 라이벌 이야기를 할 때는 어릴 때 유행하던 표현을 인용하기를 좋아했다. "아기를 조 루이스°와 같이 링에 넣는 꼴이지." (자기가 조 루이스였다.)

하지만 수전처럼 행동하는 남자가 있었다면 아마 이미 오래전에 다른 남자에게 한 수 호되게 배웠으리란 생각이 들었다.

° 12년간 헤비급 타이틀을 보유한 미국 권투 선수.

열정, 아름다움과 쾌락에 대한 막대한 욕구와 갈망으로 부러울 만큼 풍요로운 삶을 지칠 줄 모르는 속도로 영위해왔음에도 불구하고, 수전에게는 불만이라는 치명적인 병이 있었고 아무리 여행을 해도 충족되지 않는 답답함이 있었다. 또 부인할 수 없는 대단한 성취를 해냈고 힘들게 명예를 얻었으며 찬사를 받아 마땅한데도 불구하고, 수전은 실패했다는 느낌을 과부의 상복처럼 영 떨쳐버리지 못했다. 초기에는 수전의 소설이 좋은 반응을 얻지 못했기 때문에 그랬다. 사람들이 수전이 에세이를 쓰다가 나중에야 소설에 손을 댄 것처럼 오해해서 수전은 불만이었다. 사실 수전의 첫 책은 소설이었으니까. 수전의 첫 소설『은인』은 아직 완성되기도 전에 탑 클래스 출판사와 덜컥 계약됐다. 자신이 소설가로서 성공하리라고 생각한 것도 당연하다. 수전은 물론 에세이를 쓰는 탁월한 능력 덕에 정말 엄청나게 성공했지만, 그걸로 수전의 꿈이 이루어진 것은 아니었다.

내가 수전을 만났을 무렵에는 수전의 소설 두 권은 이미 잊혀서 수전의 팬이라는 사람들도 그런 게 있는 줄 몰랐다. 나도『해석에 반대한다』가 수전의 첫 책인 줄로만 알았다(이런 오해가 아주 멀리 퍼져 끈질기게 이어지고 있어 심지어는 최근 사후 출간된 책 두 권의 저자 약력에도 그렇게 잘못 적혀 있다).

수전이 세 번째 소설을 완성하기까지는 그 뒤로 25년 이 더 걸렸지만(완성하지 못한 소설들은 몇 있었다) 그 사이에도 단편은 꾸준히 썼다. 단편 대부분이 지면을 찾 았지만 작품이 좋아서라기보다 수전의 이름 때문에 개재 된 것도 없지 않았을 것이다. 단편이 발표된 뒤의 반응 은 에세이를 발표했을 때처럼 우호적이지 않았다(수전 이 영화 제작에 손을 댔을 때의 반응은 더욱 차가웠다).

수전이 존경하고 칭찬했던 소설가들이 수전의 작품 에 우호적으로 반응하지 않는 것도 상처가 되었다. 수전 의 소설을 강력하게 옹호하는 사람은 아무도 없었고 친 구들조차 비슷하게 미지근한 반응이었다. 잘하는 일을 (에세이에는 수전이 누구보다도 더 뛰어나다고 생각하 는 사람도 적지 않다) 계속하는 게 좋겠다는 말을 숱 하게 들었다. 그러다 보니 자기가 자기 작품을 옹호할 수밖에 없었다. 수전은 늘 자기 소설을 입에 올리고 관 심을 끌려고 하고 별 관심이 없는 사람들에게 강권했다. 모양도 기운도 빠지는 일이었을 것이다. 사석에서나 공 석에서나, 누가 뭐라든 자기는 에세이도 쓰는 소설가이지 그 반대가 아니라고 되풀이해서 강조했다. 아무도 이 말에 귀 기울이지 않았다는 게 수전에게는 무엇보다도 좌절스러운 일이었다. 그래도 포기하지 않았다. 수전은 다른 사람이 나를 어떻게 대하느냐는 상당 부분 내가 좌우할 수 있다고 생각하는 사람이었으니까. 누가 뭐라든 나는 소설가라고 행동하면 사람들도 결국 그렇게 생각하고 대할 거라고.

이런 고집 때문에 수전의 낭독회가 잘 안 된 일이 많았다. 실망한 청중이 실망감을 겉으로 드러내곤 했다. 수전이 에세이 일부를 읽거나 어떤 주제에 대해 강연을 할 거라고 예고되어 있었는데 기대와 다르게 느닷없이 단편을 꺼내 읽을 때도 있었다. 수전의 단편은 보통 길었다. 수전도 당연히 청중의 불만을 인식했다. 모를 수가 없었다. 그랬는데도 어떻게 그 짓을 반복할 수 있었는지가 나에게는 여전히 미스터리다. 도무지 납득이 안 갔다. 자기가 맡은 일이 아닌가. 청중이 눈물을 흘리거나 웃음을 터뜨리게 만들 수는 없을지라도 적어도 화나게 만들지는 말아야 하지 않나?

그러다가 상황이 바뀌었다. 『뉴요커』가 수전의 단편을 싣기 시작했다. 1986년에 에이즈 위기를 주제로 쓴

「지금 우리가 사는 방식」이 좋은 평을 받았고 존 업다이크가 편집한 『20세기 최고의 미국 단편』(1999)에도 포함되었다. 『화산의 연인』은 베스트셀러가 되었을 뿐 아니라 호평도 받았다. 『인 아메리카』는 내셔널 북 어워드를 받았다. 사람들이 절대 일어날 수 없다고 장담한 일이 일어난 것이다. 내셔널 북 어워드 시상식이 끝나고 수전이 울음을 멈추지 못하더란 이야기를 전해 들었다.

수전은 농담으로 자기를 늦깎이 작가라고 불렀다(백퍼센트 농담만은 아니었다). 하지만 뒤늦게 소설이 주목을 받긴 했어도 수전의 문학적 이력에서 여전히 가장 중요한 것은 오래전에 쓴 최고의 에세이 작품들이었고 수전도 그걸 모를 수가 없었다.

꾸물거리지만 않았다면. 원하는 걸 더 빨리 시작하기만 했다면. 나이가 들수록 비평보다 예술에 더 헌신하지 않은 것이 더욱 한탄스러웠다. 강한 도덕적 의무감 때문에 대의를 위한 일에 시간을 많이 쓴 것도 이제 후회되었다. 비평가보다 예술가로서 더 살았어야 하는데. 활동가보다 작가로서 더 살았어야 하는데. 여행에 대한 욕구를 자제하지 않은 탓에 글을 쓸 시간을 너무 많이 빼앗겨버렸다는 생각마저 들었다.

수전은 자기 필생의 업이 만족스럽지 않았다. 젊은 시절에 세운 목표에 도달하는 데 실패했다. 진정한 위대함에 도달하지 못했다. 울프의 『등대로』(1927)에 나오는 램지 씨처럼 Q에 머문 채로 Z를 꿈꿨다.

수전의 잘못은 아니었다. "10년을 잃어버렸어." 수전은 말하곤 했다. 첫 글을 발표하기 전까지의 10년을 말하는 것이었다. 결혼과 육아가 아니었으면 훨씬 더 빨리 글을 발표할 수 있었을 거라고(이 말을 들으면 나는 좀 어리둥절했는데 그 시기에 수전은 데이비드를 다른 사람에게 맡기고 혼자 지낼 때가 많았기 때문이다). 1959년 필립 리프의 이름으로 출간된 『프로이트: 도덕주의자의 정신 Freud: The Mind of the Moralist』이라는 책을 두고 하는 말이기도 했다. 표지에 수전의 이름은 안 적혀 있지만 전남편과 자신이 공저한 책이라고 수전은 늘 말했다. 가끔은 한발 더 나아가 책 전체를 "한 단어도 안 빼고 전부" 자기가 썼다고 주장하기도 했다. 이것도 수전의 과장법 중 하나라고 나는 받아들였다.

(과장하는 습관이 수전에 대한 글을 쓰는 사람들한테도 옮겨간 것 같다. 수전이 프랑스어를 유창하게 한다고

해서 "여러 언어"를 구사한다고 하기도 하고, 토마스 만과 베냐민을 원서로 읽는다는 말들도 하는데 수전은 독일어를 못 했다. 사실 외국어에는 큰 관심이 없었고 자기가 프랑스에 그렇게 오래 살지 않았다면 프랑스어도 못 했을 거라고 말했다. 수전이 영화관에 가는 걸 좋아한다고, "거의 날마다" 영화관에 간다고 표현한 사람도 있었다. 수전이 영화관에서 앞자리에 앉기를 좋아하는 건 사실이지만 정확히 "셋째 줄 한가운데"에 앉는다고 한 것은 과장이다. 일 년에 수백 일 영화관에 가더라도 수전이 가장 좋아하는 자리에 다른 사람이 이미 앉았을 가능성은 전혀 없다고 생각하는 건지. 또 열다섯 살에 대학에 입학했다는 말도 있는데 실제로는 열여섯 살이었다. 기타 등등.)

그 "잃어버린 십 년"에는 물론 필립과 이혼하고 데이비드와 같이 뉴욕으로 와서, 위자료도 양육비도 거절하고 자기 힘으로 (주로 학생들을 가르쳐서) 두 식구가 먹고살아야 했던 때도 포함된다(사실 이 시기가 『은인』을 쓴 시기와 일치하기는 한다). 수전의 표현을 빌면 "징역형" 1회(아동기)를 마친 다음 필립과의 결혼, 데이비드의 유년기라는 두 번의 형기를 더 복역해야 했다.

첫 책을 출간한 이듬해에 수전은 『파티잔 리뷰』에 「캠프에 대한 단상Notes on 'Camp'」을 발표해서 이름을 알렸다. 그 뒤로 1년 정도가 지난 다음에는 세계적으로 유명한 인물이 되었다. 30대에 막 접어든 여성으로서 나쁘지 않은 일이었다. 그렇지만 수전한테는 부끄러운 일이었다. 수전은 열여덟 살에 학사 학위를 받은 사람이었으니까. 서른 살에 첫 소설을 출간했다고 게으르다고 할 사람은 없지만 이른 나이의 성취라고도 할 수 없었다. 수전은 자기가 조숙했다는 사실에 매우 집착했다. 어딘가에 문학이나 지성계의 신동이 나타났다는 말만 들리면 경쟁심이 자극되는지 자신의 잃어버린 십 년을 언급했다. 자기가 문학계에 조금 더 일찍 등장했다면 진정한 영재로 비쳤을 것이고 훨씬 더 큰 반향을 일으켰으리라고 생각했다. 수전이 평생 그 사실을 분하게 여겼는지는 모르겠지만 아무튼 나와 가까이 지내던 시기에는 속았다는 생각을 강하게 했다.

내가 "전 스물다섯 살인데 이뤄놓은 게 아무것도 없어요."라고 말하면서 울었을 때 수전은 가슴이 찢어지는 것 같았다고 했다.

수전은 또 다른 면에서도 속았다는 생각을 했다. 명성

과 돈이 같이 가지 않는다는 걸 알았을 때. 수전은 대체로 자기 작업이 정당한 보상을 받지 못했다고 느꼈다. 50세를 훌쩍 넘기고 난 뒤에야 재정적 안정을 이룰 수 있었다. 풍족하게 사는 작가·예술가들도 꽤 많았고 수전 주위에도 상당히 큰돈을 번 사람이 많았는데 수전은 그러지 못했다. 친구나 지인 가운데 부자가 많았고 갑부와 교류하는 일도 적지 않았기 때문에 억울한 생각이 더 강해졌을 것이다. 훨씬 더 많이 가진 사람들에게 둘러싸여 있는 듯한 느낌이 들 때가 많았다. 자기 아파트를 가진 사람(지금보다 그때는 훨씬 더 드물었다), 하인이 있는 사람, 명화를 수집하는 사람, 여행할 때 늘 일등석을 타는 사람 등. 이들이 (몇몇 예외를 제외하면) 수전만큼 사회와 문화에 기여하지도 않는다는 게 분통 터지는 일이었다. 에이전트와 계약을 하기 이전 시기, 340번지에 살 때보다 너덧 배 많은 월세를 치러야 해서 재정적으로 불안했던 때, 수전이 금수저를 물고 태어난 친구에게 이런 고민을 이야기했다가 교외로 이사 가라는 말을 듣고 분개한 일도 있다. 그 시기에 매카서 연구 기금°을 받았

° 매카서 재단에서 여러 분야에서 독창적인 능력을 보인 미국인 20~30명 정도에게 매년 수여하는 상금으로 '천재상'이라고도 불린다.

다면 큰 도움이 되었을 것이다(1990년에 결국 받긴 받았다). 그렇지만 이 상이 제정된 1981년부터 해마다 수전의 이름은 빠져 있었다. 9년 동안 쓸쓸한 실망감을 맛보았다.

나이 들어가면서 오직 돈 때문에 무언가를 하기가 점점 힘들어졌다. 예전에 수전은 에이전트가 있는 작가들을 멸시했다. 홍보를 위해 투어를 다니고, 자기 책이 몇 부 팔렸는지 정확히 헤아리고, 선인세를 얼마 받았는지에 집착하는 사람을 천박하다고 경멸했다. 진지한 작가는 금전적 보상이나 별 볼 일 없는 상에 연연하지 않아야 한다고 생각했었다. 베케트라면….

하지만 이제는, 자기가 돈벌이에 조금만 더 신경을 썼더라면 시간을 많이 잡아먹는 쪽글이나 잡일이나 강연회 등등을 하지 않아도 되었으리라는 생각이 들었다. 그래서 이것 또한 후회되었다. 태도를 조금 바꾸고 좋은 에이전트를 만나면 백만장자가 될 수 있다던 사람들의 조언에 일찍 귀를 기울이기만 했더라면.

수전의 마음을 갉아먹는 또 다른 실패도 있었다. 수전이 전애인들과 친구로 남을 수 있었던 건(때로는 우정이 수십 년 이어지기도 했다) 매우 축복받은 일이고 또 수전의 좋은 면을 말해주는 사례라고 생각한다. 하지만 수전은 자기의 연애사를 한탄했다. 데이비드와 관계도 그랬다. 수전은 늘상 데이비드를 "나의 유일한 가족"이라고 불렀는데 둘 사이가 좋지 않았던 때가 얼마나 많았는지, 적대감과 긴장감과 거리감이 팽배했던 때가 얼마나 많았는지를 생각하며 고통스러워했다.

한번은 나와 같이 있을 때 수전이 이런 속내들을 털어놓은 적이 있었다. 나는 누가 이 대화를 엿들었다면 수전을 정말 불쌍하고 딱한 사람으로 여기겠다는 생각을 했다. 외롭고, 사랑받지 못하고, 이해받지 못하는 사람. 실제로는 이 사람을 아끼고 존경하고 존중하는 수많은 사람이 있고 늘 이 사람을 돕고 무슨 일이 있더라도 곁에 있어 줄 헌신적인 사람들도 가까이에 있다고는, 이 사람이 원한다면 평생 단 하루도 혼자 보내지 않을 수 있다고는 상상도 못 할 것 같았다.

수전을 만난 적도 없는 사람도 암 치료비에 보태라고 수표를 보내왔다.

우리가 전화로 만날 날짜를 잡으려 하고 있었다. 수전이 점점 뚱해지더니 짜증을 냈다. "왜 그래요? 만나고

143

싶지 않아서 그래요?" 한숨 소리. "아니, 만나고 싶어. 그런데 이렇게는 말고. 상류층 여자들이 차 마실 약속을 하는 것처럼 말고. 우리 같이 살았었잖아!" (다른 말로 하면 이런 말이다. 지금 같이 있을 사람이 필요해서 전화했어. 다음 주 화요일이 어쩌고 그런 소리 하지 말아. 지금 당장 와. 지금 누가 필요하다고.)

한번은 무슨 문제가 있어서 나에게 전화를 했다. 아파트 화재하고 상관이 있는 일이었다. 잠깐 애매한 말을 주고받다가 내가 물었다. "제가 가서 도와드려요?" "그래, 당연히 그러면 좋지. 하지만 내가 도와달라고 말하는 게 아니라 네가 친구로서 도와주겠다고 먼저 제안을 해야 하는 거잖아." (내가 제안을 하긴 했지만 그러기까지 너무 오래 걸렸다는 말이었다.) 수전이 일을 거들 조수를 고용하려는데 내 조언이 필요하다고 했다. 내가 우리 둘 다 아는 어떤 젊은 여자를 입에 올리자 수전이 벌컥 했다. "어린애는 필요 없어! 타자수를 구하는 게 아니라고! 누군가 나를 알고 내 일도 알고 내가 중요하게 생각하는 것도 아는 사람이 필요해. 아, 됐다. 너는 내 상황이 어떤지 전혀 모르니까. 너한테 없는 문제고 앞으로도 영원히 없을 문제니까 너는 이해 못 해."

수전은 신랄했다. 수전은 노여워했다. 세상에 분노했다. 누군가를 다치게 하고 싶은 조 루이스였다.

이런 면을 보면 나는 우리 어머니가 떠올랐다. 어머니는 사람들이 '그 사람은 절대 이길 수 없다'고 말하는 종류의 사람이었다.

솔직히 말하면 나는 수전 앞에서 못 알아들은 척, 모른 척 한 적도 많았다. 수전을 미칠 듯 화나게 만들 수 있는 한 가지가 있다면 바로 그거였다.

∫

        이 책을 쓰는 동안에 수전이 나오는 꿈을 두 번 꿨다. 첫 번째 꿈에서는 우리가 발레 공연에 갔다. 인터미션 도중에 수전을 만난다. 수전은 몸이 좋지 않다. 머리카락이 짧고 가늘고 메마르고 붉다. 수전이 묻는다. "그래, 잠입에 성공했어?" 발레단에 잠입했냐는 말이다. "예를 들어서, 저 무용수는 키가 몇이야?" 내가 말한다. "아니, 아니야. 저 사람은 최소 6미터는 돼." 나는 그건 불가능하다고 말한다. 키가 6미터인 무용수는 없다고. 그러자 수전이 불안해하며 말한다. "그럼 내가 널 어떻게 믿을 수 있겠니?"

두 번째 꿈에서, 내가 수전의 집에 혼자 있다. 수전이 멀리 가서 내가 집을 봐주기로 했다. 내가 집에 있는 동안 모르는 사람 두 명, 팻과 마이크 트라이브라는 부부가 찾아온다. 자기들이 집을 차지할 거라고 한다. 예의 바르면서도 확고한 태도다. 내가 막으려 하지만 막을 수가 없다.

수전이 어떻게 나를 믿겠는가? 잠입해 정보를 캐내는 것도 제대로 못 하고 트라이브 부부가 집에 쳐들어오는 것도 막지 못하는데.

수전이 젊고 조숙하던 시절에는 같이 어울리던 사람들 가운데에서 늘 가장 어렸는데 말년에는 딱 그 반대였다. 수전은 나이 들수록 자기보다 젊은 사람들, 때로는 훨씬 젊은 사람들과 사귀고 어울리기를 더 좋아했기때문이다. 또 수전은 젊은이들이 많이 가는 곳에 가고 젊은이들이 주로 하는 일을 하고 싶어하기도 했다. 그 장소에서 자기가 가장 나이 많은 사람이라고 신경 쓰지는 않았다. 그런 상황에서는 자기가 늙었다는 생각이 드는 게 보통일 텐데 수전은 아닌 듯했다. 어디를 가든 나이 때문에 어울리지 않는다는 생각은 전혀 하지 않았다. 자기가 환영받지 못할 수 있다는 생각도 마찬가지였을 것이다.

우리가 1978년 8월 메디슨스퀘어가든에서 열린 브루스 스프링스틴 콘서트에 갔을 때 그곳이 내가 있을 곳이 아니라고 생각했던 기억이 난다. 그때 내가 스물일곱이었는데 너무나 어려 보이는 아이들이 빽빽 소리를 지르는 가운데 어찌나 어색하던지. 수전은 어색해하는 나를 정말 이상하다는 듯한 눈빛으로 바라보았다. 수전은

147

주위에 보이는 사람들 가운데 압도적으로 가장 연장자일 듯했고 일렁이는 회색 머리카락이 여느 때보다도 더 눈에 뜨이고 시선을 끌고 있는데도 그걸 의식이나 하는지, 전혀 그런 티를 내지 않았다. 수전의 이런 모습은 자기가 빼앗겼다고 생각하는 젊은 시절을 보상하려는 단호한 결의와 무관하지 않다는 생각이 든다.

수전은 무엇이든 하려 했다. 모든 것을 다 해야만 했다. 하지만 (스프링스틴 콘서트에 갔을 때처럼) 억지로 열광하는 것처럼 보일 때도 있었다. 수전을 보면 실제로 자기가 느끼는 것보다 열 배는 더 강렬히 느끼고 싶어한다는 생각이 들 때가 있었다. 열 배 더 행복하고, 열배 더 슬프고, 지금 관심이 가는 것에 열 배 더 자극을 받으려 했다(그래서 수전은 영화나 공연을 그렇게나 많이 보고도 또 보고 싶어했던 걸까? 자기에게 감동을 주었던 경험을 몇 번이라도, 이해가 안 갈 정도로 여러 번 반복했던 까닭이 여기에 있을까? 아무리 해도 충분하지 않아. 이런 원칙을 따라 산다는 건 얼마나 가혹한가).

수전이 자신의 가장 큰 장점이라고 생각한 강박적 호기심이 좋은 점으로 보이는 게 아니라 관음증에 가깝게 보일 때도 있었다.

　수전은 뉴욕 그 자체였다. 열렬한 격찬, 정력과 야망, 할 수 있다는 자신감, 어떤 난관도 물리치겠다는 정신, 어린아이 같은 본성. 또한 자신만은 예외이며 뭐든 의지의 힘으로 해낼 수 있다는 믿음, 스스로를 만들어낼 수 있고 다시 태어날 수 있으며 새로운 기회가 끊임없이 주어져 모든 것을 누리리라는 믿음을 지닌 사람으로서, 내가 만나본 누구보다 더 미국적인 사람이었다.

　"흠, 이렇게 되었네." 수전이 조지프에게 몸을 기대며 말한다. "아직 중년도 안 되었는데 우리가 가장 많은 사람을 죽이는 병 둘에 걸렸다니."
　대화가 나데즈다 만델시탐의 『회상』으로 흘러간다. 스탈린 치하의 삶에 대한 회고록인데 만델시탐은 그 지옥 같은 삶과 평범한 가족이 겪는 고생이나 고통을 비교한다. "그런 평범한 아픔을 느낄 수만 있다면 무엇이든 못하리!" 조지프는 마음이 전혀 움직이지 않는 듯 어깨를 으쓱한다. "[만델시탐이] 당연히 그런 아픔도 많이 느꼈을걸." 그러더니 잠시 생각에 잠겼다가 이렇게 말한다. "결국에는 그런 거 다 의미 없어. 삶에서 일어나는 일 전부. 고통도. 행복이나 불행도. 병도. 감옥 생활도. 어떤 것도 의미 없어." 이게 바로 유럽인이다.

수전은 스킨십을 좋아하는 사람, 만지는 것도 만짐을 당하는 것도 좋아하는 사람, 말이 많고 속을 잘 터놓고 속 애기를 하기에도 좋은 사람을 좋아했다. 그런 태도를 유대인 방식이라고 부르기도 했다. 다정함을 표현하는 말을 좋아해서 '달링(darling)' '디어(dear)' 같은 말도 잘 썼다. 사람을 면전에서 비난하는 일도 많았지만 칭찬도 아주 잘했다. 늘 비위를 맞추고 추켜세웠다. 수전이 사람들 앞에서 큰소리로 호들갑을 떨듯 누구를 칭찬하면 그 사람이 옆에서 활짝 웃거나 얼굴을 붉히는 일이 잦았다. 어떤 사람을 누군가 유명한 사람에게 소개할 때 이렇게 말하며 지위를 격상시켜 줬다. "두 사람 만난 적이 있던가요?"
수전은 자기와 동등한 사람으로 생각하지 않는 사람이라도(자기와 동등하게 생각하는 사람이 거의 없었다) 그 사람 이야기에는 관심을 가졌다. 언제나 자기가 관심의 초점이 되어야 하는 사람은 아니었다. 수전은 이야기하기를 좋아했지만 다른 사람의 이야기를 끌어내기도 좋아했고 내밀한 이야기일수록 좋아했다. 누구한테도 말한 적이 없다는 이야기를 수전에게 들려주는 사람도 드물지 않다고 했다. 수전이 조심스러운 것하고는 거리가 멀고 비밀을 잘 못 지키고 자신도 인정했듯이 다른 사람의 믿음을 잘 저버린다는 사실을 생각하면 흥미로운 일이다.

수전이 하는 작은 의식儀式 중에서 많은 사람이 따라한 것이 있다(그것 말고도 많은 것들을 따라했지만). 여행을 떠나기 직전에 서가를 훑어서 아직 읽지 않은 책을 찾아 들고 가는 습관이다.

수전은 여행을 하도 많이 다녀서 내가 어디를 가든 이미 수전이 다녀간 곳이었다.

데이비드가 수전을 파리에 묻었다. 베케트도 같은 묘지에 묻혀 있다.

수전이 취한 모습은 딱 한 번 봤다. 사고였다. 나와 필름 포럼에 가기 전에 6번가에 있는 작은 식당 바에서 만나기로 했었다. 수전은 나를 만나기 직전에 다른 행사에 들러야 했는데, 그곳에서 평소와 달리 마르가리타 한 잔을 마셨다. 바에 왔을 때 이미 살짝 취한 상태였다. 그러더니 마르가리타 한 잔을 더 주문해 상당히 빠르게 마셔버렸다. 영화관에 가는 길에 내가 수전을 부축해야 했다. 수전은 이미 취해서 자기가 취했다는 사실도 모르는 것 같았다.

아우토반을 만드는 과정에 대한 독일 다큐멘터리 영화를 봤는데 상당히 기묘한 영화였다. 수전은 영화가 시작되자마자 잠들었다. 가끔 깨어나 일이 분 정도 보다가 다시 잠에 빠졌다. 하지만 상관없었다. 꿈속에서 나름의 영화를 봤으니까. 극장에 불이 들어오자 수전이 나를 보며 말했다. "정말 근사하지? 안 그래?"

∫

내가 컬럼비아 대학에 다닐
때 에드워드 사이드에게 현대 영국 문학 수업을 들은
적이 있다. 사이드 이야기를 할 때마다 수전은 나를 놀
렸다. "너 그 사람 좋아했던 것 같은데." (수전과 사이드
가 만난 적은 있었지만 가까운 사이는 아니었다.) 전혀
아니라고는 할 수 없었다. 똑똑하고 잘생기고 젊은 사이
드 교수에게 푹 빠진 학생이 많았다.

그러다가 어떻게 해서인지(자세한 내막은 기억이 안
나는데 나는 그 과정에 전혀 개입하지 않았다) 사이드
교수가 집에 온다는 것이었다!

그날 있었던 일이 아직도 납득이 안 간다. 우리 네 사
람이 거실에 있었던 게 기억난다. 거실에 편한 의자는
한 개밖에 없었다. 사이드가 코트도 벗지 않고 그 의자
에 앉았고 우산을 가지고 왔는데 우산을 의자 옆 바닥
에 내려놓았다. 그리고 거기 앉아 있는 내내 손을 뻗어
우산을 집었다가 다시 바닥에 내려놓기를 반복했다.

나는 아무 말도 하지 않았고, 데이비드도 아무 말도
하지 않았고, 수전이 말을 끌어내려고 최선을 다했지만

사이드도 거의 아무 말도 하지 않았다. 거기 의자에 앉아서 불안하게 우산을 만지작거리며 거의 아무 말도 하지 않았고 어쩌다 입을 열더라도 웅얼웅얼 말했다. 온 집안을 통틀어 딱 하나 있는 편한 의자에 앉아서는 마치 가시방석에 앉은 듯 불편해하며 우산을 집었다 놓았다 하면서, 수전이 뭐라고 말하든 고개를 끄덕였지만 정신이 딴 데 가 있고 귀 기울여 듣지 않는 것처럼 보였다. 두 사람이 한 이야기는 주로 컬럼비아에 누가 아직 있고 누구는 없는가 하는 이야기였다. 수전도 몇 해 전에 컬럼비아에서 학생들을 가르쳤었다. 사이드 교수의 방문이 길지는 않았지만 매우 괴로운 시간이어서 그가 떠나고 크게 안도했다.

사이드가 간 뒤에 수전이 나에게 와서 말했다. "너 괜찮니?" 나는 어깨를 으쓱했다. "봐, 이게 대체 무슨 일인지는 모르겠지만 지금 네가 어떤 심정일지는 알아. 정말 안타깝다." 수전이 대체 무슨 소리를 하는 걸까? "존경하는 사람의 실체가 어떤지 적나라하게 보았을 때 어떤 심정인지 안다고. 정말 고통스러울 거야."

우리는 같이 앉아 담배를 피우며 한참 이야기했다. 우리가 이렇게 앉아 담배를 피우고 이야기하며 보낸 시간이 얼마나 많았는지. 내가 아는 누구보다도 바쁘고 누구보다도 생산적인 사람이 어떻게 늘 이렇게 긴 대화를 할 시간이 있었는지 지금도 알 수가 없다.

"그런데 그런 일이 일어나." 수전이 말했다. "마음의 준비를 해야 해." 수전에게도 그런 일이 많았다고 했다. 작가와 예술가들을 직접 만나게 되자 그런 일이 반복되었다. "그 사람들을 만나게 되어서 얼마나 흥분했던지. 나의 영웅! 나의 우상!"

그랬으나 실망하거나 심지어 배신당한 느낌이 드는 일이 많았다고 한다. 환멸이 너무 심해서 만나지 않았더라면 좋았을 거라는 생각마저 들었다. 이제는 그들의 작품을 이전처럼 순수한 마음으로 찬미할 수가 없었기 때문이다.

수전이 가장 좋아하는 책 가운데 하나가 발자크의 『잃어버린 환상』이다. 수전은 나에게 그 책을 당장 읽으라고 했다.

수전이 가장 좋아하는 영화 가운데 하나는 「동경 이야기」이다. "매년 최소 한 번은 영화관에서 봐." (당시에 맨해튼에 산다면 가능한 일이었다.)

내가 별 감흥 없어 하자 수전은 충격을 받았다(말하

기 부끄럽지만 오즈 야스지로의 대표작을 처음 봤을 때 나는 좀 지루하다고 느꼈다).

"정말 느낌이 없어? 그 부분, 어머니 장례식 다음 장면 어땠어?" 수전은 막내딸과 며느리 사이의 대화를 인용했다. "아 세상에!" 수전은 자기 목을 붙들며 말했다. "그 부분 눈물 나지 않던?"

수전 눈에 내가 얼마나 무디고 둔하게 보였을까. 수전의 기분을 맞춰주기 위해 거짓말을 할까 하는 생각도 했다. 하지만 수전은 됐다는 듯 손을 흔들며 말했다. "아, 네가 너무 어려서 그래. 몇 년 지난 다음에 다시 보면 다르게 보일 거고 이해할 거야." 수전은 확신에 찬 말투로 말했다.

사실, 몇 년까지 걸리지도 않았다. 그리고 그 영화를 다시 볼 필요도 없었다.

교코: 삶이 실망스럽지 않아요?
노리코: 맞아, 정말로 그래.°

° 원래 대사는 이렇다. 교코: 세상이란 게 싫어요. 노리코: 그래, 싫은 것 천지야.

그 세대 가장 영향력 있는 비평가. 행동하는 지식인의 표상. 지성계의 아이돌. 미국 문화의 아이콘. 우리가 수전 손택에게 붙이는 이름이다. 이런 수식어들을, 이 책에서 때로는 자기중심적 폭군으로 때로는 천진난만한 어린아이로 그려지는 수전 손택의 모습과 겹쳐서 보기는 쉽지 않다. 그래서 이 책을 나도 처음에는 어떻게 받아들여야 할지 난감했던 것 같다. 전미도서상 수상자인 소설가 시그리드 누네즈는, 수전 손택의 삶을 우리가 이렇게 내밀한 것까지 알아도 되나? 하는 생각이 들 정도로 가까이에서 본다. 그런 한편 복잡한 감정이 뒤얽혀 있어 평온하게 읽기 어렵기도 하다. 당연한 이야기이지만 수전 손택과 아주 가까이에 있었던 사람이 쓴 글이기 때문이다.

수전 손택 자신이 시그리드 누네즈에게 말했듯이, 우상이나 영웅을 직접 만나고도 환멸을 피할 수는 없다. 게다가 같이 살기까지 했다면, 필연적으로 애증이 충돌

하고 그에 따라 분노, 죄책감 같은 감정까지 뒤얽힐 테니, 그때를 글로 옮기는 것은 말할 것도 없고 머릿속에서 떠올리기조차 힘겨운 일일 듯하다. 어쩌면 강철 같은 정신의 자기장 안에서 베이고 멍들지 않고 존재하기란 불가능한 일일지도 모른다. 이글거리는 해 같은 열정을 지닌 사람 곁에 있으면 열기는 따뜻하다 못해 고통스럽게 느껴질 테고 눈부신 빛이 내가 발하는 빛을 집어삼키고 말 테니까. 거인의 곁에서 피할 수 없는 상처를 받고도 그 사람의 영향을 공정하게 평가하기란 얼마나 힘든 일일까? 그런 점들을 생각하면, 고통스럽게 써 내려간 이 주관적 초상이 그 자체로 얼마나 대단한 성취인가 하는 생각이 든다.

시그리드 누네즈가 보여주는 대로 수전 손택은 누구보다 열렬히 감탄할 수 있는 사람, 누구보다 치열하게 살았던 사람, 누구보다 박식하고 냉철한 지성을 지녔던 사람이다. 그렇지만 당연히 한계도 있는 인물이었다. 한계의 많은 부분은 수전 손택이 활동하던 때가 남성과 구분되는 여성의 성취를 상상하기가 어려웠던 때, 여성의 성공이 명예남성이 되는 것과 비슷하게 여겨졌을 때였다는 점에서 온다. 그래서 한계만을 떼어 보지 않고 그 사람의 삶의 맥락에서 이해하려고 하는 이 시도가 더욱 소중하기도 하다.

수전 손택을 이해하고 온당히 평가하려는 시도들이 유의미한 한편 손택의 저작에도 새로운 관심이 필요하다고 생각한다. 내가 번역 일을 시작하고 얼마 안 되었을 때 수전 손택의 에세이집을 번역하게 되었다. 그때는 이런 중요한 작가의 책을 내가 번역하게 되었다는 사실에 마냥 기뻐서 내 깜냥도 모르고 덥석 일을 맡았다. 실력도, 경험도, 지식도 부족했던 내가, 감히 따라갈 수 없는 사고의 범위를 헤아리지도 못한 채로 흉내만 내듯 내놓은 결과물이 어떠했을지, 지금은 다시 들여다보기 두려울 정도다. 지금 그 책은 (다행히) 절판 상태인 것 같지만 지금도 생각할 때마다 마음이 무거워진다. 내가 번역했던 책은 상대적으로 덜 중요한 에세이 모음집이었지만, 수전 손택의 이름과 함께 자동으로 떠오르는 주요 에세이들도 번역 출간된 지 20년이 되어간다. 이제 새로운 번역으로 나올 필요가 있다. 혹시 이 글을 관계자분이 보게 되신다면, 주요 저작만이라도 오늘날에 맞게 다시 번역 출간해 주시기를 부탁드린다. 수전 손택은 그런 대접을 받아 마땅한 작가이다.

옮긴이 홍한별

글을 읽고 쓰고 옮기면서 살려고 한다. 옮긴 책으로 『클라라와 태양』, 『온 컬러』, 『도시를 걷는 여자들』, 『하틀랜드』, 『밀크맨』, 『달빛 마신 소녀』, 『나는 가해자의 엄마입니다』 등이 있다. 『밀크맨』으로 제14회 유영번역상을 수상했다.

우리가 사는 방식

초판 1쇄 발행 2021년 5월 30일

지은이   시그리드 누네즈
옮긴이   홍한별
펴낸이   김태균
펴낸곳   코쿤북스
등록   제2019-000006호
주소   서울특별시 서대문구 증가로25길 22 401호

ISBN   979-11-969992-5-4 03840